ペンギンと青空スキップ

小 川　糸

幻冬舎文庫

ペンギンと青空スキップ

目次

本文イラスト　榊原直樹
本文デザイン　児玉明子

いってらっしゃい

1月8日

『喋々喃々《ちょうちょうなんなん》』再校ゲラのチェックが終了。

次に私がこの作品を読む時は製本になってからだから、泣いても笑っても、私はもう直せない。


この一年、こつこつと書いてきた。

私の頭の中のイメージは、バウムクーヘンを作る感じだった。

一層ずつ重ねて、丁寧に丁寧に作っていく。

担当編集者の吉田さんが、導いてくださった。

山道では私が転ばぬよう手を引いてくださり、暗くてどこを歩いているかわからなくなる時は明かりをつけて足下を照らしてくれた。

ベストは、尽くせたのではないかと思う。
昨日、銭湯に行って一人用のちいさい露天風呂に手足を投げ出し月を見上げながら、私はすごく幸せな気分になった。

ようやく作品が、自分の足で立って歩きだす。
親である私は、その後ろ姿を、手を合わせて見送ることしかできない。
今はただ、大声で、いってらっしゃい！　という感じ。

ニュース　1月9日

ガザのニュースを見るたびに、胸が痛くなる。

亡くなる人の数が、どんどん増えていく。

悲しみや怒りも、どんどん膨らむ。

国連の援助さえ、もう届けられない状況だという。


停戦協議にアメリカは棄権。

何かあると「テロとの戦い」を口にする人たちには、本当に虫酸が走ってしまう。

明らかに力のある国が、一方的に弱い立場の人たちを苦しめるのって、どうなんだろう？

人々が暮らしている空から爆弾をばらまくのって、どうなんだろう？

年末年始のニュースは、いいことが少なかった。

火災もたくさんあって、たくさんの方が亡くなった。

生まれて半年の赤ちゃんと、3歳、4歳の子どもたちが犠牲になってしまう火事もあった。

おかあさんは、パチンコに行っていたという。

まだ4つの子に半年の赤ちゃんを託すのは、あまりに無理がある。

でも、それでも子どもたちはおかあさんが大好きだったと思うと、本当に切ない。


なんだかここ最近のニュースを見ていると、「平和」とかいうものが、すごく薄っぺらいものに感じてしまった。

それでも、自分にできることを探して、実行していくしかないんだろうな。

今夜は、荒井良二さんの『きょうというひ』を読んで寝よう。

アドリブ

1月11日

先日のこと。
ペンギンに、ある新聞社から電話があった。
以前お仕事をご一緒した方について、インタビューの依頼だった。

相手は、初めての電話でかなり緊張していたという。
緊張のせいか、声も聞き取りにくい。
それで、「(お話をうかがいに)どこへでも行きますので」
と先方がおっしゃったので、ペンギンは、
「えーっと、富士山麓のですねぇ」
と答えたのだと。

すると先方が絶句。

冗談だとわかって、ようやく相手の方の緊張もほどけたという。

私なんか、インタビューとかラジオで、突然想定外のことを相手に聞かれると、もうしどろもどろになってしまう。

もっと上手にアドリブができるようになりたいなぁ、と思っているので、ペンギンのそういう機転の利かせ方は、すごいなぁと感心した。

いつも親父ギャグばかり言って、そのたびに周囲から冷ややかに流されているペンギンだけど、多分こういうアドリブもそういうことの延長なんだろうな。

親父ギャグと言えば、『喋々喃々』を書くにあたって、私は「江戸しぐさ」に関する本をいくつか読んだのだけど、その中に、親父ギャグはもともと駄洒落《だじゃれ》で、駄洒落とは江戸時代から続く言葉遊びということが書いてあった。

そして、親父ギャグを言っている人も、場を和ませたり人を楽しませようとして勇気を持って言うのだから、それを笑ってあげるのも江戸しぐさのひとつ、というようなことが書かれていた。

だから私も、今年は、たとえペンギンがくだらない親父ギャグを言っても、50%くらいはきちんと受け止めて笑ってみようと思う。

そういうことの果てに、先日のアドリブみたいなことも、できるようになるかもしれないんだから。


江戸しぐさについては、越川禮子さんという女性が、たくさん本を書かれています。

私はその中でも、『野暮な人　イキな人』という本が、とても素晴らしいと思いました。

本当にオススメなのですが、残念なことに、もう手に入らないのです。

私も、手元に置いておきたい一冊なので、なんとか入手できないかなぁと思っているんだけど。

今の時代こそ、江戸しぐさが広がればいいのに。

きつねと私の12か月

1月16日

送っていただいた、『きつねと私の12か月』を見る。

きっと好きだと思います、との通り、私の好きな映画だった。

見終わってから知ったのだけど、監督は、『皇帝ペンギン』のリュック・ジャケ監督。

映像が圧倒的に美しくて、これってどうやって撮ったんだろう？　と思わせるシーンがいくつもあった。


野生のキツネと少女が、少しずつ少しずつ心を通わせていく物語。

けれど、仲良くなりすぎてもいけない、ということも教えてくれる。


とっても素敵な映画でした！

今年の目標

1月17日

朝、早起きしてヨガール。
畑の土に、霜がおりていた。

行ってみると、今日の生徒は私だけ。
1500円のレッスン代で、1対1で丁寧に教えていただく。
もう少しで、三点倒立ができそうだった。

それで、今年の目標がひらめく。

1、三点倒立が自力でできるようになること。

2、富士山登山。

2は、この時期いつも思うのに、いまだ実行できずにいる。

今年こそは、ぜひ！

帰りに、遠回りして、ペンギンのおつまみやら、私のおやつ、オーガニックの洗剤、魚の形のスポンジ、某有名俳優さんも毎朝食べているという噂のパン屋さんのパンなど、いろいろ買う。

青空の下を自転車で走っていたら、久しぶりに、生きていることが楽しく思えた。

もうひとつ、今年の目標。追加で、

3、無理はしない。

オバマさん

1月22日

夜中、オバマさんのスピーチをライブ中継で見た。

私は同時通訳の方の言葉を聞いていたけれど、これが英語でダイレクトにわかったら、きっともっともっと胸に響くんだろうなぁ、なんて思いながら聞き入っていた。

昔はアメリカもよかったんだよ、なんて話を聞くと、ふぅん、としか思えなかったけれど、大統領の就任式に集まっているアメリカの人たちは、なんだかとっても生き生きしていて、今までイラク戦争を支持するアメリカ人の印象とは全然違って見えた。

世界中のみんなが憧れるアメリカを、取り戻してほしい。

でも、世界中の難題をすべてオバマさん一人に解決してほしい、と願うのはあまりに負担が大きすぎるから、他の国からも、オバマさんと共に進んでいこうとするリーダーが現れなきゃ。

久しぶりに、希望を感じる。

オバマさん、がんばってください。

お隣さん

1月28日

鍵を忘れた。

外出する時に、玄関先までペンギンが見送ってくれたので、持たないで出てしまったのだ。

戻ってきて、マンションの入り口で、はたと気付く。

困ったなぁ。


以前も、同じ失敗をしたことがある。

その時は、ペンギンが仕事で海外に行くというので、マンションの外まで見送りに行き、そのままペンギンが鍵を持って行ってしまったのだ。

気付いた時は、後の祭り。

普段着のまま、電話帳も、どこかに連絡するための10円さえなく、部屋の外で途方に暮れ

た。

それと同じことを、またやってしまったのだ。

ペンギンは、夜まで戻らない。

あぁ、どうしよう。

そう思って家のドアの前まで行ったら、張り紙がしてあった。

「忘れ物は、お隣のNさん宅に預かってもらっています。」とのこと。

なんとまぁ！

Nさんは、マンションの隣の一軒家に暮らす老夫婦で、いつもきれいに庭の木々を手入れしている。

たまに、朝顔の苗をくれたりする。

助かったー、と思い、さっそくNさん宅に出向くと、ふだんおとなしい感じの奥さんが、すごくニコニコと笑って出て来られ、「ちょっとしか預かれなくて残念ねぇ」などと明るくおっしゃる。

夜戻ってきたペンギンにそれを報告したら、鍵を預かってもらいに行った時も、すごくうれしそうだった、とのこと。

最近はご近所付き合いが少なくなっているから、逆に、こういうちょっとした触れ合いが、喜びになるのかもしれない。

ニュースでもやっていたけれど、近頃は隣の部屋にどんな人が住んでいるかも知らない場合が多いという。そして、近所同士のトラブルも、とても増えているとのこと。

つい最近も、殺人事件があった。

だけど、同じマンションに住んでいる子が、少しずつ大きくなっていくのを見たり、挨拶ができるようになって「こんにちは」と言い合ったり、それってとても気持ちのいいことだ。

この間、全く知らない子に「こんにちはー」と挨拶されて、私なんかそれだけでとっても幸せな気分になった。

それに較べて大人は、挨拶しても黙っている人もいたりして、びっくりしてしまうのだけど。

今日は、ポプラ社に行って、出来立てホヤホヤの『喋々喃々』に、サインを書いてきた。一冊一冊、「これを手にした人が幸せになりますように」と思いながら書きました。どなたかと、よいご縁があって、巡り会えますように！

ちなみに、よく間違われますが、『喋々喃々』の「喋々」は、虫の「蝶々」ではなく、「しゃべる」という漢字です。

早くて来月2日、4日くらいにはだいたい店頭に並ぶ予定です。

今回もまた、とても素敵な衣装を着せていただきましたので、ぜひ見つけてください！

『いきいき』

2月9日

大阪に暮らす義理の姉から電話。

開口一番、「前のより、こっちの方が読みやすいわぁ」とのこと。

お姉さんは、80近いけど、本当に頭がしゃっきりしている。

『喋々喃々』を楽しんで読んでくれているようで、ひとまずホッとする。

『いきいき』のインタビューも、偶然見つけたとのこと。

着ていた洋服など、ほめてもらった。

今度大阪でもサイン会をするんですよ、と教えたら、近所の本屋さんで買ったんだけど、サインしてくれる？　と言われて、一瞬言葉に詰まってしまう。

身内なので、多分大丈夫でしょう。
（太って）着られなくなった昔のキモノを、わざわざ持ってきてくれるとのこと。
最新刊の『いきいき』と『ダ・ヴィンチ』にインタビューが掲載されております。
ご興味のある方は、ご覧くださいませ。

本日、サイン会用のハンコも、ゲットしました！
いよいよ、サイン会の旅、始まります。

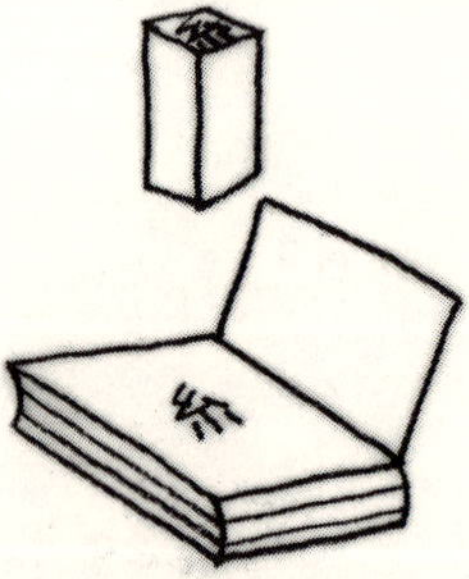

ポカポカ陽気

2月14日

今日は、まるで春真っ盛りのような温かい土曜日。

恵比寿有隣堂書店さんでのサイン会にお集まりくださった皆様、本当にどうもありがとうございます！

とっても楽しい時間でした。

チョコレートも、なんだかたくさんいただきました。

人生史上最高のモテ期がやって来たみたいです。

今朝の『食彩浪漫』を見て来てくださった方もいらして、本当にありがとうございました。

おかげさまで、『蝶々喃々』も、4刷が決まり、5万部になりました！

お買い上げくださった皆様、本当に感謝の気持ちでいっぱいです。

『食堂かたつむり』同様に、どこかの誰かの本棚で、末永く愛していただけましたら、幸いです。

今日は、たくさんの元気と勇気をいただき、心の中までポカポカ陽気です。

カキフライ

2月17日

去年の健康診断で、貧血と診断された。

かなり重症らしく、いろいろ病院で診てもらったりしたのだけど、行くたびに血を採られ、ますます貧血になりそうになった。

西洋医学では、増血剤を飲む、ということが唯一の治療らしいのだけど、どうも私には、治療というよりは目くらましにしか思えなくて、飲むのは止《や》めた。

胃が荒れるし、相当気分が悪くなるらしいので。

それで今、カイロプラクティックに通っている。

先生からの説明も、ずっと納得できるものだった。

まずは、私の姿勢に原因があるらしい。

肩凝りも、腎臓が弱いのも、貧血も、全部つながっている。

そして、治療院が下町（門前仲町）にあるから、ちょっと帰りに寄り道してくるのも、楽しみである。


昨日は、富水に行ってきた。

富岡水産という魚屋さんがやっている居酒屋さん。

先生に場所を尋ねたら、

「夜はお酒飲むおじさんばっかりで、女の子一人で行くような店じゃないけどなぁ」

とアドバイスされた。

どんなに凄《すご》いところだろう、と覚悟して行ったら、ぜーんぜん平気。

安くて、本当にありがたいお店だった。

貧血系女子（男子も）には、牡蠣《かき》がよいと聞いたので、牡蠣フライを定食で頼んだら、ものすごい大きな牡蠣が、5個も出てきた。

あつあつをかじったら、中からぴゅっとエキスが飛び出して、顔にかかる。

すごく美味《おい》しかった。

材料がなくなったら店を閉めてしまう、というのも、いいなぁ、と思う。デパ地下にはおいしそうなものがたくさん売られているけれど、閉店間際でもいっぱいいっぱい並んでいて、店が閉まったらほとんど捨ててしまうのかと思うと、もったいない。

今年は、体ケアに重点をおいて、貧血系女子から脱却し、肩凝りのしない姿勢になろう。

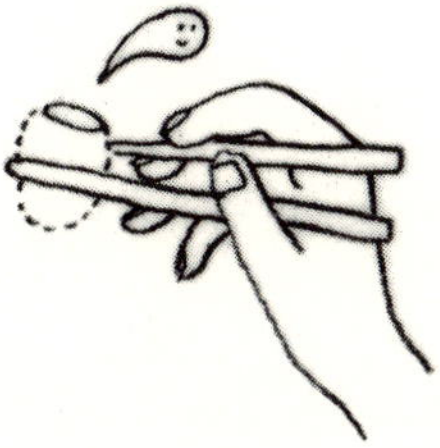

エルサレム賞　2月18日

村上春樹さんが、エルサレム賞受賞に際して行ったスピーチが、素晴らしかった。

全文を訳してくださっている方がいらっしゃるので（ネットで検索するとすぐにわかります）、それを読んだのだけど、あー、偉大な作家だなぁ、としみじみ感動した。

受賞を拒否することは簡単だったと思う。

でも、あえて敵地に乗り込む覚悟で行ったことが、すばらしいなぁ。

このスピーチを聞いて、そこにいた何人かの人でも、考え方やその人の心を動かすことができたら、行かないとするより、ずっとずっと有意義だもの。

私も、永遠に「卵」でありたいと思った。

特に、ここの部分が好きです。

(以下、抜粋させていただきます。)

"Between a high, solid wall and an egg that breaks against it, I will always stand on the side of the egg."

もし、硬くて高い壁と、そこに叩きつけられている卵があったなら、私は常に卵の側に立つ。

Yes, no matter how right the wall may be and how wrong the egg, I will stand with the egg. Someone else will have to decide what is right and what is wrong ; perhaps time or history will decide. If there were a novelist who, for whatever reason, wrote works standing with the wall, of what value would such works be ?

そう、いかに壁が正しく卵が間違っていたとしても、私は卵の側に立ちます。何が正しくて何が間違っているのか、それは他の誰かが決めなければならないことかもしれないし、恐らくは時間とか歴史といったものが決めるものでしょう。しかし、いかなる理由であれ、壁の側に立つような作家の作品にどのような価値があるのでしょうか。

ステキな一日

2月22日

昨日の紀伊國屋書店新宿南店さんにて行われたサイン会にお集まりくださった皆様、本当にありがとうございました！

サイン会では、勇気をいただいたり嬉しい言葉をいただいたり、毎回ほっこりとした気分になるのですが、昨日も、お天気のせいか、本当に穏やかで心が満たされる時間になりました。

その方その方が、ご自分のお言葉で感想など伝えてくださる姿に、私の方がすっかり感動してしまったりして。

周りの人は、サイン会に人が集まらなかったらどうしよう、とか、ハラハラドキドキするみたいですが、私としては、さすがに誰も来てくれなかったら落ち込んでしまうかもしれないけど、一人でも会場に足を運んでくださる方がいらしたら、それだけで有意義なことだと思っています。


そして、『喋々喃々』のサイン会は、ちょうど折り返し地点です。

来週はいよいよ、関西へおじゃまします。

大阪、岡山の皆様にお会いできるのを、楽しみにしております!

昨日は、サイン会のあと、『喋々喃々』でお世話になった方々をお招きしての食事会を、カモシカでさせていただきました。

みなさん、よく飲んで、よく食べていらっしゃった。

そして、おいしい料理というのは、人と人との距離を一瞬にしてぐんと縮めてしまうものなんだな、ということを改めて実感した。

一冊本が生まれるたび、こんなふうな会を重ねていけたらと思う。

Papyrus　2月27日

最新号の『パピルス』、届く。

なんと、表紙は、RADWIMPS！

うれしい。

待望の待望のニューアルバム、『アルトコロニーの定理』が、ついに発売になるとのこと。

私もちょこっとだけ、アルバム解釈のページに、コメントを寄せさせていただきました。

そして、今回の「ちきゅう食堂へいこう」は、秩父にある天然氷を使ったかき氷屋さんに行ってきました。

取材におじゃましたのが、ちょうどひと月前。

寒空の下、かき氷をいただいたのだけど、それはそれは、本当においしいかき氷だった。

あれから、私は何度となく、また食べたいなぁ、と思う。

だけど、その自然の力で作る天然氷が、地球温暖化による影響で、十年後にはもうなくなっているかもしれない、というお話です。

ぜひ、読んでみてください。

私はこれから、無印良品で買ったガラガラ号に荷物を詰め込んで、関西へ。

大阪、岡山の皆様、お会いできるのを楽しみにしております！

ただいま

3月1日

大阪、岡山のサイン会に足をお運びくださった皆様、本当にありがとうございました！

大阪も岡山も、私はほぼ、人生で初めてうかがったのですが、温かく迎えていただいて、胸がじんわり温かくなりました。

大阪にいらした皆様は、なんとなくおしとやかな方が多かったような。

岡山にいらした皆様は、とても気さくな方が多かったような。

その土地土地によって、来てくださる読者の方にもそれぞれカラーがあるような印象を持ちました。

どちらの会場も、遠い所からいらしてくださった方もいて、皆さんにそれぞれ温かい言葉をかけていただき、私はほっこりとした気持ちになりました。

サイン会って、本当にステキな時間だなぁ、と思います。

最初はとても緊張していたのですが、行ってよかったなぁ、と帰りの新幹線で、しみじみと実感しました。


今回のサイン会でもまた、たくさんの勇気と希望をいただきました。

ありがとうございます。

お世話くださった書店の皆様も、本当にどうもありがとうございました。

はだかびな

3月3日

今日は桃の節句。
先日、大阪でサイン会をしてから、急いで住吉大社に行ってきた。
目的は、「裸雛《はだかびな》」。
手のひらサイズの小さなおひな様なんだけど、なんと、着物を着ていない。
とぼけていて、なんとも愛らしい。
さすが、大阪。
後ろ姿も色っぽく、横から見てもチャーミングで、いくら見ていても飽きません。
住吉大社に行く時、電車の窓から一瞬だけ見えたのが、通天閣かしら？
次回は、もっとゆっくり時間をかけて、大阪を堪能したいです。

小学二年生

3月6日

新しい連載のお知らせです！

小学館から出されている学年誌『小学二年生』に、読み物を連載させていただけることになりました。

タイトルは、『まどれーぬちゃんとまほうのおかし』です。

そしてそして、イラストを描いてくださるのは、荒井良二さん。

まさか、荒井先生とこんなに早くお仕事をご一緒させていただけるとは、夢にも思っていませんでした。

本当にうれしいです。

主人公は、まどれーぬちゃん。

他にも、ろばあちゃん（おばあちゃんではなくて）や、グースカ君が登場します。

読者が小学二年生に限定される、というのは、ある意味とても新鮮です。

私にとってとても新たなチャレンジなので、小さな人たちにも喜んでもらえるよう、毎回、がんばって書きたいです。

新・小学二年生のお子さんがいらっしゃるお母さん、お父さんも、ぜひ家族みんなで楽しんでいただけましたら幸いです。

復活

3月12日

軽い風邪と花粉症が合わさって、ここ数日、寝込んでいた。

そういえば、今年は「すぎ茶」を飲むのを忘れていたからかも。

咳《せき》は出る洟《はな》は出るクシャミは出る熱は出るで、苦しくてもがいていた。

布団の中で、出たばっかりのＲＡＤＷＩＭＰＳのアルバム、『アルトコロニーの定理』を聞きまくった。

（かなり、かなり、いいです。）

だいぶよくはなっていたんだけど、今日は、マンションのベランダのペンキ塗りをするという。

実は先月から、住んでいるマンションの大規模補修工事が始まっていて、気がついたらベランダに人がいたり、びっくりすることの連続。

覚悟はしていたものの、やっぱりシンナー中毒になりそうだったので、銭湯に避難することにした。

丸3日ぶりくらいで、外に出る。


体がかちこちだったので、整体をやってもらう。

それからおふろに行って、でもまだ足りなくて、エステもやった。

そうとう贅沢をしちゃったけど、整体（80分）とエステ（90分）ですっかりほぐされる。

帰りに、有機野菜とケーキを買って帰ってきた。

ようやく、復活できそうな予感。

縁　3月16日

横浜でのサイン会にお集まりくださった皆様、本当にありがとうございました！

晴れていて、とても気持ちのよい日曜日でした。

私は喉《のど》にダメージを受けていて、うまく声を出すことができず、体調万全とはいかなかったのですが、同じように花粉症でお辛《つら》いにもかかわらず列にお並びくださった方もいらして、本当に有意義な時間を過ごすことができました。


今回のすべてのサイン会を通じて、私は500人くらいの読者の皆様と実際にお会いしたことになります。

それって、なんだかわからないけどすごいことだなぁ、と、昨日、横浜駅のホームで電車を待ちながら、しみじみと実感しました。

それから、せっかく来てくださったのに、一言も話せなかったりした方、ごめんなさい。

サイン会って、もっともっと改善の余地がありそうですね。

より有意義な楽しいサイン会ができるように、反省もふまえて、また一歩ずつ進んでいけたら、と思ってます！


わざわざお手紙やプレゼントをお持ちくださった皆様も、本当にありがとうございました。

ほんと、私としては、来ていただけるだけで、うれしいんですよ。


またどこかでお会いできる日を、楽しみにしております。

私のバッグ

3月18日

私のお気に入りのバッグは、数年前、近くにあるギャラリーで偶然出会ったものだ。

ギャラリーの内容は二週間おきくらいに変わり、ヨーロッパのアンティーク雑貨だったり、おじさんの作るテディベアだったり、若い女の子の手作り服だったり、写真だったりする。

それは、確か若い女性が企画した雑貨の時だったと思う。

散歩の途中に何気なく寄り道したら、茶色いコーデュロイの生地に、コートやワンピースの模様が別の布で縫い付けてあるバッグが目に飛び込んできた。

スーツケースやバッグの模様もあるから、たぶん、「旅」をイメージして作ったのだと思う。

ギャラリーにいた若い女性が作ったのではなく、作り手さんは別にいらっしゃるとのことだった。

希望すれば、生地や中の布、模様なんかも、すべて好みのバッグにしてくれるとのこと。辞書みたいに分厚い見本には、今まで制作したバッグの写真が、たくさん収められていた。どれもこれも欲しくなりそうだった。

私は、一番最初に目に入った、茶色いコーデュロイのを手に入れた。

でもずっと、他のも欲しいなぁ、と思っていた。

作ってもらえるなら、自分でイメージを伝えて、私だけのバッグを作ってもらいたいなぁ、と。

数年後、また同じ女性が同じギャラリーで企画展をするというので、私は初日の開店すぐに駆け足で行った。

頭の中は、バッグのことでいっぱいだった。

でも、たくさんあるのを想像して行ったのに、ほんの少ししか置かれていなかった。

事情を尋ねると、このバッグの作り手さんが、体を壊してしまった、とのこと。

残念だなぁ、と思いながら、店に少しだけ置いてあった中から、今度は夏用に、白い生地のを選んだ。

中央の机にミシンと花瓶、窓の向こうに夜空は広がっている。


そのふたつは、私の自慢のバッグになった。

見ると、みんなかわいいと褒めてくれた。

図書館に行く時も、仕事で出かける時も、よく一緒に来てもらっていた。


今年のはじめ、私は『いきいき』という雑誌で取材をしていただいた。

その時も、茶色い方を持って出かけた。

バッグを持っている私の写真が、そのまま掲載された。

私は、読者の方からいただいた読者カードを、時々まとめて読ませてもらっている。

その中に、60歳の女性からのハガキがあった。

何気なく読んでいたら、心臓が止まりそうになった。

なんと、私の自慢のバッグを作ってくれた作り手さんからだったのだ。

『いきいき』で、私がその方のお作りになったバッグを持っている姿を、偶然見つけてくださったという。

それから、『食堂かたつむり』を入手し、読んでくださった、とのこと。

詳しくは書けないけど、入院されていたとのことだった。

そして今も、病院に通われている。

私はお名前もお顔も存じ上げないのだけど、その方が作ってくれたバッグに、本当にお世話になっている。ちょっと落ち込んでいる時も、すごく励ましてもらった。

一緒にいると、元気になれた。

だから、本当にありがとうございます、と伝えたい。

それから、どうか病魔に負けず、がんばってくださいい、と。

ずっとずっと、大事にします。

荒井良二さん

3月26日

世田谷文学館へ。

ただいま、「進める荒井良二のいろいろ展」というのをやっている。

すごいエネルギーだなぁ、と思った。

荒井さんの絵を見ていると、本当に「自由」でいいんだな、って感じて、なんだかちょっとホッとする。

実際の荒井さんは、絵の世界観さながら、という感じでもなく、とても素敵で、ユーモアのある方だった。

すごく、日本人ぽくない感じがした。

最初の入り口のところに、手書きの挨拶文のようなものが書いてあって、そこに、自分は絵本を作ったり絵を描いたりするプロにはなりたくない、ずっとシロウトの人でいたい、というようなことが書いてあって、それが、荒井さんのすべての原点のような気がした。

ハートは永遠にシロウト、でも仕事内容はプロフェッショナル。
これが、かっこいいと思う。
私も、そうありたいな。

なんだか、たーくさんのエネルギーをもらって、シアワセな気持ちになって帰ってきた。
そして、荒井さんに絵を描いていただいている、『小学二年生』に連載中の『まどれーぬちゃんとまほうのおかし』も、どうぞよろしくお願いします！

伝書鳩

3月29日

わが家は明日、引っ越しする。

ペンギンの仕事場の関係で、歩いて15分くらいの所だけど。

今度の所は、隣に畑があるから、すごくうれしい。

私専用の、ちっちゃい仕事部屋もできる。

今は、ほとんど物置みたいな場所で書いているから、これはものすごいグレードアップだ。


10年暮らしたので、ガスコンロは、ほとんど朽ちかけてしまっている。

いろんな物に、たくさんお世話になったなぁ。

『食堂かたつむり』を書いたのも、この部屋だし。

今は、ありがとう、という感謝の気持ちでいっぱい。

だけど、郷愁に浸っている場合ではなく、これから猛スピードで引っ越しの荷物をまとめなくてはいけないのだ。

そして私は、さっき大変なことに気付いた。
なんと、新居での電話の開通が、10日後くらいになるとのこと。
インターネットも一緒だから、電話もメールもファックスも、使えないことになる。
私は、ケータイを持っていないので。

それでここからは、私の身近な方々への、連絡です。
そんなわけですので、当分、郵便でしか連絡が取れません。
メールをいただいても、お返事ができない状況です。
お仕事で緊急の連絡事項などがある方は、電報もしくは、伝書鳩を飛ばしてください！

住めば都

4月3日

引っ越しの荷物もだいたい片付き、ホッと一息。
最初にここの場所を見に来た時は、「なんて辺鄙《へんぴ》な所なんだろう」と思ったけれど、数日経ったら、すっかり馴染《なじ》んで、「私の町」になってきた。
まさに、住めば都です。

さっそく、烏骨鶏《うこっけい》のたまごもゲットしたし(近所に、ニワトリを飼っている農家があるのです)、長閑《のどか》だし、おいしそうな焼き菓子屋さんも見つけたし、これで、より仕事に集中できそうな予感がする。

それにしても、メールもない、電話もない、ケータイもない数日間は、本当に不思議な感覚だった。

世界から切り離されてぽっかり宙に浮かんでいる感じで、あのことを早く返事しなきゃ、とか焦ることもなく、精神面にとてもよかった。

編集者さんとちょっとの用件でハガキや手紙を出しあったり、なんだか昔の文豪みたいで面白かった。

今日は、友人から伝書鳩ハガキも届いたし。

仕事に追われてストレスを抱えている皆さん、ぜひ、意識的に数日でも、ケータイやパソコンを使えないようにすると、すごく気持ちがスッキリしますよ！

シアワセのかくし味

4月4日

本日の朝日新聞、夕刊から、月に一回、エッセイを書かせていただくことになりました。

タイトルは、「シアワセのかくし味」です。


「こころ」というページで、谷川俊太郎さんが毎回詩を書き下ろす（この企画って、本当に贅沢だと思います！）「語る人」というコーナーの下にちょこんと載ってます。

朝日新聞をご購読されている方は、ぜひ探してみてください！


イラストは、この「糸通信」でもおなじみの、榊原直樹さんです。

今回は、かわいいタケノコの絵を描いてくれました。

月に一回、第一土曜日の夕刊です。

今日は、ペンギンが「通勤」になったので、お弁当を作ってみた。

作ったといっても、朝ご飯を詰めただけなんだけど……。

卵焼きは、烏骨鶏のたまごで作ったので、鮮やかなレモンイエローです。

おにぎりの中身は、筍《たけのこ》ご飯。


そして、その後、農産物直売所に行ってきた。

開始時間の少し前に行ったらすでに人がわんさか並んでいて、始まったら買い物競走みたいだった。

ぼぉっとしていたら、どんどん野菜がなくなってしまった。


それでも、ラディッシュとニラ、チューリップを確保。

るんるん気分で帰ってきた。

すべて、地元育ちです。


あー、楽しい。

姜尚中さんと

4月6日

私、先月とってもいいことがありました！

なんと、政治学者の姜尚中さんと、対談させていただいたのです。

私は、姜さんの、根底に愛のある物事の考え方に、とても共感します。

常に弱い立場の人たちからの目線を大事にしているし、姜さんの発言は、言葉に温《ぬく》もりがあって、血が通っているように思います。

その、憧れの姜尚中さんと対談ということで、私、本当に本当に緊張しました。

最初にいきなり二人で写真を撮られた時は、あまりの緊張に、ほっぺがピクピク震えてしまったほどです。

対談の間中、ぼぉっとしてしまいました。
まるで、深い森で森林浴をしているような気持ちになりました。
『悩む力』も、とてもいい本でした。
最新号の『anan』の、「ピンチを生き抜くスキル」特集に載っています。
ご興味ある方、探してみてください。

祖母のたんす

4月9日

新居に、祖母の使っていた桐《きり》だんすを呼び寄せた。
これは、明治生まれの祖母が、お嫁入りの時に持ってきたもの。
だから、もしかしたら百年近く前のものかもしれない。

祖母が生前使っている時は真っ黒だった。
それを、亡くなってから職人さんにきれいにしてもらった。
見違えるほどピカピカになって、同じたんすとは思えないほどだった。
そこに、ようやく着物をしまうことができた。

私は幼い頃、祖母と同じ部屋で寝ていた。

たんすが新居にやって来て、取っ手の音がカタカタ鳴るのを聞き、あぁ、あの頃に聞いていた音と同じだ、と思った。

桐だんすは三段に分かれたので、寝室と仕事部屋の二箇所に分けて置くことにした。こうしてパソコンに向かっている間も、私のすぐ後ろに祖母のたんすがある。眠る時も、近くにいてくれる。

それだけで、なんだかとてもホッとする。

まるで、そこにおばあちゃんがいるみたい。

新築の物件に入居したのだけど、百年前のたんすが、違和感なく自然に溶け込んでいるのも、いい感じ。

金具に、「寿」の文字が刻んであって、これを持って、祖母はお嫁入りしたんだなぁ、としみじみ思う。

ずっとずーっと、大事にしよう。

シュークリーム　4月13日

ついに、私の理想とするシュークリームに出会った。

作っているのは、近所の焼き菓子屋さん。

若い女の子が、普通のマンションの一室のような所で一人で作っている。


この間行った時は、店の前に貼り紙がしてあった。

「すぐに戻りますので、お待ちください」とのこと。

店の前に置いてあるベンチに座ってぼーっと待っていたら、女の子が自転車で戻ってきた。

材料のミルクを切らしてしまい、慌てて買ってきたということだった。

その時、何気なく買ったのが、シュークリームだった。

三角のかわいい箱に入れてくれた。

ペンギンが働きに出ているので、1個だけ。

そして家に帰って、それを食べたら、ものすごーくものすごーく美味しかったのだ。

もともと、シュークリームはそれほど好きでも嫌いでもなかったんだけど。

彼女の作るそれは、皮がしっかり固く、粉の風味がたっぷりあり、中にはとろりとしたカスタードクリームがきっちり入っている。

カスタードクリームは甘すぎず、重すぎず、すーっと体に収まっていく。

なんていうか、春風みたいに優しい味のシュークリームだった。

でも、全然子どもじみていない。


また食べたい！　と思ってさっそく翌日行ったら、シュークリームは週末しか作っていないとのこと。

手土産にいいなぁ、と思っていたから、残念だったんだけど、とにかくまた週末を待って、昨日、午後2時にはできるというので、いそいそと買いに行ってきた。

ペンギンは、まだ食べたことがないし。

一歩あるくごとに、シュークリームの夢がふくらんで、私は、ドキドキワクワクしながら、お店のドアを開けた。すると、

「ごめんなさい！」

私の顔を見つけた女の子が、すぐに来て開口一番、

「たった今、売り切れました」と言う。

そういえばさっき、手に大きな箱を持ったほくほく顔の女性とすれ違ったのだった。ちょっと、イヤな予感がしたのだけど。

「えー、まだ2時ちょっと過ぎなのに」

ねばったけど、とにかくシュークリームは売り切れ。

でも、タルトとチーズケーキを買ってきた。

もちろんそれも、すっごくおいしかった。

だけど私は、やっぱりシュークリームが食べたい。

大人のシュークリーム　4月19日

今日は週末。

ということは、待ちに待った、シュークリームの日！

さきほど、お店に残っていた最後の4個のうちの2個を、無事ゲット。

うーひゃっひゃー、うーっひゃっひゃー、と内心で歓喜の声を上げながら、小躍りして帰ってきた。


いやぁ、おみごと！

ペンギンもご満悦で、私の錯覚ではなかったことが証明された。

しかも、うれしいことに、来週から、週末だけでなく、平日も作ってくださるとのこと。

やったー。これで晴れて、手土産にできる。今日は、〝大人のシュークリーム〟です。

アナログ化

4月20日

世の中は、テレビをはじめデジタル化が急ピッチで進んでいるけれど、わが家は、アナログ化に向かって着々と準備を整えている。


まずはニュース。

今まではネットやテレビが中心だったけど、この春から新聞に切り替えた。

新聞って、すごく面白い。

朝、新聞が読みたくて布団から出る感じ。

じっくり読んでいると、テレビを見る時間もどんどん減って、一日がすごく充実する。

今日の新聞ひとつとっても、「語りつぐ戦争」は、決してネットではえられないような体験者の生の声をうかがえるし、「あのね」という子どもたちのユニークな言葉などを紹介するコーナーも面白い。

あと、必ず目を通すのは、「ひと」。

今日は、バングラデシュで行われたという「カエルの結婚」の記事が楽しかった。

出だしは、こう。

「バングラデシュの村でこのほど、カエルの結婚式が行われ、多数の村人たちが出席した。」

これは、れっきとした雨乞いの儀式。

こういう、特に感動したりびっくりしたり、琴線に触れた記事は、切り抜いて、「物語のタネ」という封筒にとっておく。

こういう何気ないニュースが、いつか、物語にまで熟成されるのを、じっと待つのだ。

それと、音楽。

いまやCDもない時代。

それでわが家では、引っ越しを機に、原点に戻ってレコードを聞けるようにすることにした。

こちらはまだ準備中だけど、結局はレコードで聞くのが一番音がいいんだろうなぁ、と今からワクワク。

ペンギン、いっぱいレコード持ってるし。

あと、食事の時なんかは、ラジオを聞いている。

また、そんなに急ぎじゃない業務連絡は、手紙。

友だちにも、ちょっとしたことでも、メールじゃなくて、手紙。

その方が、返事を待つ時間を楽しめる。

武蔵野　4月23日

小説の取材もかねて、みつこじのみっちゃんと武蔵野へ。

いい所だった。

何年も前に一度行ったことがあったのだけど、今回、改めて歩いてみて、本当に素敵な所だと思った。

見渡す限り、緑、緑、緑、緑。

新緑がきれいで、空気がおいしくて、風が心地よかった。

まだ、具体的に行ってきた場所は秘密だけど、東京にこんなに素敵な場所があるなら、もっともっとたくさんの人に、その魅力を伝えたいような気持ちになった。

それから少し電車にのって、武蔵野美術大学へ。

一緒に行ったみっちゃんの母校でもある。


甘酸っぱい記憶もいろいろあるらしく、感慨深そうだった。

よく考えると私が美術系の大学に足を踏み入れるのは初めてで、絵の具で汚れた教室の床や、ぷーんと漂うペンキの匂いが新鮮だった。

お昼は学食に行って、私はきつねうどんを食べた。

アーティストの卵がたくさんいた。


気がつけば、もうすぐ5月！

「目には青葉　山ほととぎす　初鰹」

ですね。

川沿いの道　4月24日

ずっと、川の近くに暮らせたらいいなぁ、と思っていた。

でも、それだけの条件で住む場所を選べるわけもなく、そんなにわがままは言えないかも、とあきらめていたら、今度引っ越した所のそばに、川が流れていた。

私が好きなのは、小川。

うちの近くのは、まぁ小川とまでは言えないまでも、水の流れがさらさらとして、見ているだけで心が落ち着く。

その川沿いにずっと道があって、そこが私の日曜日の散歩コース。

素敵な家がたくさんあって目の保養になるし、特別な愛情を持ってバラを育てている人もいる。

桜の時期は、永遠にピンクが連なっていた。

今は、まぶしいほどの緑のトンネル。

せせらぎの音も、心地よい。

道沿いに植えられたハナミズキや小手毬《こでまり》も花を咲かせているし、ほんと、この道を通るだけでゆったりとした気分になる。

途中に素敵な公園もあって、この間の天気のよかった日曜日は、カップルで日光浴をしながら本を読んでいたり、子どもが水浴びをしていたり、とっても平和だった。

どこまでもどこまでも、ずっと歩いていきたいような気持ちになる。

今は、鯉のぼりが泳いでいる。

子どもたちによる、手作りの鯉のぼりだ。


世の中が、平和でありますように。

花束を　4月25日

一日中雨なので、家で過ごす。

ようやくソファが届いたのでごろっとしたら、案の定そのまま寝てしまう。

雨の日の惰眠は、気持ちいい。


今日の新聞は、坂本龍一さんのインタビューが興味深かった。

彼は、ニューヨークの自宅の電力は、１００％風力発電でまかなっているそうだ。

タクシーも使わず、地下鉄の移動を心がけている。

有名だから電車に乗らないとか、お金があるからマイカーに乗るとか、もうそういう時代ではないいんだと思う。

水も、ペットボトルの水は飲まず、水筒に水道水を入れて飲んでいるとのこと。

確かに、東京の水道水も、普通においしくなっていると思う。

一番いいなぁと思ったのは、この春に開催したピアノコンサートで、関係者から届く花束を辞退し、「花の代わりに寄付しませんか」と呼びかけたことだ。

一口5000円で、170万円以上も集まったという。

私も、たまにミュージシャンの方の楽屋におじゃましたりして、たくさんの花輪が並んでいるのを目撃する。そのたびに、ちょっと複雑な気持ちになっていた。

すべてを家には持って帰れないだろうし、いずれ枯れて捨てられてしまうからだ。

自分でも、サイン会などで立派な花束をいただいたりすると、うれしいな、と思う反面、申し訳ないような複雑な気持ちにもなってしまう。

これを、もっと他に有効利用できたらいいのになぁ、と。

だから、坂本さんの提案に、心から拍手を送りたい気持ちになった。

こういうところからも、少しずつ変えていかなきゃいけないんじゃないかな、と思った。

坂本さん、カッコいいです。

一瞬

4月26日

雨が上がり、今日は空が一段ときれいだった。

午後、解説を依頼されたある本を読んでいたら急におなかがすいたので、急遽《きゅうきょ》、おやつにチヂミを作る。

粉は、韓国みやげにいただいたもの。

それにネギを刻んで入れ、貝柱の戻し汁で溶いて焼いた。

ネギがちょっと焦げてしまったけど、おいしかった。

チヂミを上手に焼くコツは、粉に対する水の量を多めにすること、かな。

夕方、空がすごいことになっていた。

空気がきれいなせいで山並がはっきりと見え、その上に、薄い月と星が静かに並んでいた。

じーっと見ていたら、みるみるうちに暗くなった。

本当に、一瞬の出来事だった。

鳥居醬油店

4月28日

私の作る料理に欠かせない調味料が、鳥居醬油《しょうゆ》店の「だしつゆ」。

鳥居醬油店は能登にある小さなお醬油屋さんで、2年前の能登合宿の時、たまたまお店に入って知り合いになりました。

以来、冷蔵庫に欠かしたことがないほど、私の料理の相棒です。

お浸しの下味に、さっ。

きんぴらにも、さっ。

わが家では、「のとだし」という愛称で呼んで使っています。

お醤油がわりに使うと、本当になんでもおいしくなるから不思議です。

すごくおいしいけど、ナチュラル。

お料理が好き、でもどうも味付けがうまくいかないわ、という方には、とっても強い味方ですよ。

これ一本で、お料理上手になれます。


最新号の「ちきゅう食堂へいこう」では、その鳥居醤油店を訪ねました。

大きな鍋で大豆を茹《ゆ》でて、こうじを作って、仕込んで。

これを、ほとんどすべて手作業で作っているんです。

おいしい秘密が、わかりました。


そして、お昼にご用意してくれた能登のご馳走のおいしかったこと!


私、能登って本当に好きです。

海があって、山があって、文化があって、何度行っても、素敵なところだなぁ、ってしみじみ思います。

宿泊は、今回も「さか本」さんにお世話になりました。

やっぱり、最高のお宿だと思います。

能登には、宝物がいっぱい！


鳥居醤油店の女将、正子さんには大変お世話になりました。

この企画では毎回素敵な方たちに会わせていただけるのですが、今回もまた、仕事ということを忘れるほどの、充実した時間を過ごさせていただいたと思っております。

正子さんは、風通しがよくて、美しい「暖簾《のれん》」のような方。

取材が終わるのが、淋しくて仕方ありませんでした。

能登にもまた、いつでも帰れる「実家」ができたみたいな気分です。

本当にありがとうございました！


お料理上手になりたい方に、ぜひオススメです。

また、鳥居醤油店で扱っている能登の自然塩、こちらは塩結びをする時に使うと最高です。

機会があったらぜひ、能登に足を運んでみてください。

お買い物

4月29日

引っ越しから、丸1ヶ月経過。
だんだん、生活にも慣れてきた。

楽しいのは、お買い物。
農家さんに卵を買いに行ったりするのが、なんともわくわくする。
あと、お野菜。

野菜は、週3日開かれる農産物直売所へ。
その日が来ると、午後2時半を過ぎるあたりから、そわそわ。
仕事の手を止めて、買い出しに行く準備をする。

5分前くらいに到着すると、すでに人だかり。

ロープが張られていて、遠くから、お目当ての野菜に目星をつける。

そして、3時ちょうどにロープが外され、ヨーイドン。

すごい勢いでみなさんカゴを手にして、野菜を買い込む。

この時、いっつもちょっと怖くて悲鳴を上げてしまう。


今日は、大根、キャベツ、スナックエンドウ、さやえんどう、蕗《ふき》、ねぎ、春菊、お花。

すべて地元産。

自転車のカゴが、野菜でいっぱいになった。

満足、満足。


そして、お菓子はもちろん例のお店へ。

ところが……、まだ3時ちょっと過ぎだというのに。

なんと、つい最近テレビで紹介され（しかもシュークリームが！）、あっという間に売り切れてしまったとのこと。

いつもいっぱい並んでいる焼き菓子のコーナーもガラガラ。

パティシエも私もびっくり！

そうなのか……。

平日、焼けて25個のシュークリーム。

少なく見積もって一人2個買っても、12、13人しか買えない。

私がお店にいる間にも、小さい店に、続々と人が押し寄せていた。

しゅーんとした気持ちになって、ニワトリの家（私が勝手に呼んでいるだけ）を見に行く。

ニワトリがいっぱい。私の、バードウォッチング。でもだんだん、ニワトリたちが動くシュークリームに見えてくるのだった。

世界中に

5月2日

フェちゃんから、手紙が来た。

フェちゃんは、私がサポートしているミャンマー人の女の子。

今回も、かわいい絵を描いて送ってくれた。

フェちゃんの前は、カンボジアのクンシアちゃんをサポートしていた。

クンシアちゃんはまだ日本でいう小学校低学年で、あんまり字とかが書けなかったのだけど、フェちゃんはクンシアちゃんよりもう少しお姉さんの年齢だから、手紙もまめに書いて送ってくれる。

　私が質問したことに、いつもちゃんと答えてくれて、会ったことはないのだけど、なんとなく、ほのかな「絆《きずな》」が生まれつつある。

決して質がいいとはいえないわら半紙のような紙に（でも私は、てらてらのコピー用紙より断然好きだけど）、高床式の家と椰子《やし》の木、カラフルな花が咲いている大きな植木鉢、その植木鉢に水をあげている女の人（女の子？）の絵が描いてあった。あと、空を飛んでいる五羽の鳥も。

手紙は、フェちゃんがカンボジアの言葉で書いたものを、一度ボランティアの通訳さんが英語に訳してくれて、更にそれを日本語に訳して送ってくれる。
逆に私から送る時も、同じように何人もの人の手を通って、フェちゃんの元に届く。

今回の手紙には、フェちゃんの住んでいる村の様子が書かれていた。
緑の植物や木がたくさんあって、景色がとてもきれいだという。
いつかミャンマーに行ってみたいな。
フェちゃんがどんな女の子か、会ってみたい気がする。

同じ日に、石垣島のねーさんからも手紙が届いていた。

桜の絵を描いてくれた。
ねーさんは、本当に美しい字を書くすてきな人。
世界中に友だちができるのって、いいかも。
今日は、ミャンマーのサイクロンからちょうど一年。
まだ、たいへんな生活をされている人たちが、たくさんいる。
みんなが幸せでありますように。

イーハトーブ

5月4日

引っ越してきた町は、緑も多いし川もあるし、本当に気に入っているのだけど、カフェがない「カフェ砂漠」なのが、ずっと気になっていた。

けれど先日、友人から「近いと思うよ。きっと好きだよ」という言葉と共に、一枚のショップカードをもらった。

それで早速、地図を片手にその店を目指した。

いつもとは反対の方向に、川沿いの道をテクテク。

川を泳ぐ巨大な錦鯉や、美しい鴨、庭先で香りをふりまくジャスミンの花。

散歩って、本当にワクワクする。

そして住宅街をぐるぐると探し回ってやっとやっと辿《たど》り着いた店は、ある時から時間が止まったかのような、懐かしい空間のちっちゃな食べ物屋さんだった。

カフェでもなく、食堂でもなく、食べ物屋さん。

ゆるーい空気が流れていて、これ、どこかでも同じ匂いを感じたなぁ、と思ったら、南の島に一人旅をした時に入った、海の見えるカフェだった。

椅子に座ると、ガラス戸の向こうを、おじさんやおばあさんがのんびりと歩いて行って、私は実家の隣にあった縫い物屋さんを思い出した。

座るとまず、富士山が描かれた渋い湯飲み茶碗に入れられたお茶が出てきた。

メニューには、おやきとかがんづき（知ってますか？　東北地方のおばあちゃんがよく作る、おやつです）とか、甘酒とかあって、どれにしようか目移りしてしまったのだけど、まずは無農薬の国産レモンを使って作ったという手作りのレモンケーキとコーヒーを注文した。

コーヒーは、頼んでから豆をひいて淹《い》れてくれる。

レモンケーキはぽそっとした食感で、一緒に蜜柑《みかん》の寒天寄せもついてきた。

寒天寄せは、昔、母親がせっせと作っていたのと同じような味がした。

店内には大きな臼《うす》が置いてあったり、置物や椅子も何もかもが超レトロなんだけど、それを少しもお洒落でやっている感じがしないところが気に入った。

身のたけにあった、無理をしていないお店で、いい空気が流れていた。

でも本棚には「食」に関する本がたくさんあって、きっといろんな勉強をされているんだろうなぁ、とも思った。


帰り際、川までの道を教えてもらったら、途中でいきなり知っている場所に出てびっくり！

私は、自分の家から目的地まで行くのに、最短距離を行けば近いものを、ぐるっと「の」の字を書くようにして、かなり遠回りして歩いていたことになる。

でも、そのおかげでまたいろんな発見があった。

自分の住んでいる町を愛せるって、素敵なことだ。

私にとってもこの土地が、イーハトーブになればいい。

ドキドキ。

5月7日

明日から、私は海外出張。初めての国です。

そのために、ノートパソコンを買った。向こうでも、ちゃんと使えるか、ちょっと心配。


言葉も、全然わからない所。

久しぶりの海外旅行。

でも、すっごく楽しみ。


いろんな人に会って、ふだん味わえないような旅ができそうな予感がする。

知らない町を、ただただのんびりてくてく歩いて、疲れたらカフェに入って、ただぼんやりして過ごしたいな。仕事で行くんだけど。

豚インフルが心配ではあるので、すごく頑丈そうなマスクを用意した。

あと、手ピカジェル。梅肉エキスも持って行こう。


旅のお供は、『きのうの神さま』。

西川美和さんは、映画監督でありながら、ご自分で原作も脚本も書かれる。

この本は、先日試写を見せていただいた映画『ディア・ドクター』の、原案小説だそうだ。

笑福亭鶴瓶さん、瑛太さん、余貴美子さん、井川遥さん、香川照之さん、八千草薫さん、すごい俳優さんばかりなのに、少しも違和感がなく、まるでドキュメンタリー映画を見ているようだった。

西川美和さんの作品は、見た後に、ちょっと心をつねられたような感覚になる。


雲の上で、映画の余韻を再度味わうつもりです。

ではでは。行ってきまーす。

バウムクーヘンの夢

5月15日

ただいま、帰国。
すっかりドイツが大好きになって戻ってきた。

今回、楽しみにしていたことが一つ。
それは、本場のおいしいバウムクーヘンを食べること。
出発前から、どんなバウムクーヘンに出会えるのか、頭が妄想で膨らんでいた。

そして、滞在何日目かで、ついに、町のバウムクーヘンコンテストで常に1、2位を争うというお店に連れて行っていただいた。
地元のおじいさん、おばあさんがお茶を楽しみに集まってくるような、とってもクラシカルな内装のカフェ。

他のケーキもあったのだけど、当然、私の心はバウムクーヘン。

薄切りにされたのが、うやうやしく登場した。ドキドキしながら、口の中へ。


あれ？

もそもそして、店の内装同様の味。

私はとっさに、祖父の葬儀の時、火葬場で食べた袋入りの小さいバウムクーヘンの味を思い出した。

ほとんど、私のもっとも古い記憶と言える。

小学生の時に飼っていたウサギも、そのバウムクーヘンが好きだった。

つまり、30年も昔の、日本の片田舎でも手に入ったようなバウムクーヘンの味なのだ。

「こっちに住むドイツ人に日本のメーカーのバウムクーヘンを食べさせたら、日本の方のがおいしいって言うんですよ」とコーディネーターさん。

とほほ。

私のバウムクーヘンの夢が……。

そして同時に、日本人の探求心や開発力のすごさに、恐れ入って帰ってきた。

お菓子は断然、日本の方がおいしい。

バウムクーヘンも、例外ではなく。

久々の海外旅行だったけど、実際に見たり触れたりしないとわからないことがたくさんあるなぁ、と改めて思った。

強行スケジュールだけど、本当に行かせていただいて、よかった！

雨のなか

5月19日

長野でのサイン会にお集まりくださった皆様、本当にありがとうございました！

私、基本的には晴れ女なのですが、あの分厚い雨雲には勝てませんでした。

私だったら絶対に予定をキャンセルして家で雨宿りをしていたくなるようなお天気だったのですが、それでも傘を片手に大雨のなか足をお運びくださって、本当にうれしく思いました。

今回もまた、たくさんの元気と勇気をいただきました！

前日、戸隠神社に連れて行っていただきました。

奥社まで続く杉の大木の並ぶ参道は、そこだけ世界が違うようで、気持ちがスーッとしました。

何度も何度も深呼吸して、森のエネルギーをいっぱいいただいて来ました。

人々が、長い年月をかけてずっと気持ちを鎮めて手を合わせ、祈りを捧げてきた場所には、きっと積み重なってきた「いい気」が満ちているように思います。

そういうものを感じました。


残念ながら雨のために善光寺のご開帳には行けなかったけど、本当にスペシャルな旅を体験することができ、とても幸せな気持ちでいっぱいです。


快くお迎えくださった長野・平安堂の皆様、そして大雨のなかサイン会に来てくださった読者の皆様、本当にどうもありがとうございました。

アンケートにも丁寧にお答えくださって、今まで知らなかった長野のことをたくさん知ることができ、心から感謝しております。


またいつかお目にかかれますように！

Hamzhum

5月23日

もうすぐ、ペンギンがテクノミュージックのアルバムを発表する。
名前は、hamzhum だそうな。
ハムズハム、と読むらしい。

足かけ十数年の集大成。

宣伝文句には、

「喜怒哀楽&笑」が噴出。何でもありのテクノ百貨店。ハムズハムのファーストアルバム。
昨日より、ちょっぴりハッピーになりたいあなたへ。世界は美しく、人生は素晴らしい。

と書いてある。

私も、一度だけ聞かせてもらった。

テンションを、グーッと上げたい方に、お勧め。

でも、車とか自転車に乗りながら聞くと、スピードが出すぎてしまうかもしれないので、要注意。

インディーズなんだけど、すっごい豪華メンバーに、ジャケットやら映像やらをお願いしたらしく、かなり贅沢な内容。

ビデオもちゃんと作っていて（インド人が出てきます）、確かYouTubeで見れたかな。

アルバムタイトルは、『in asia』で、もうすぐ発売です！

飼い主さん募集中

5月28日

知人の知人のところに、子犬がたくさん生まれた、という連絡をもらう。

なんと9匹も生まれた、とのこと。

なるべく知り合いのところにやりたいので、今、がんばって飼い主さんを探しているらしい。


犬種は、「アラスカンマラミュート」。

とにかく、大きい。

もしかしたら、私より大きいかも……。

オオカミみたいな風貌で、でも優しそう。

小型犬だったら飼いたかったけど、さすがに自分と同じ大きさの犬は無理だなぁ。

ということで、どなたか、アラスカンマラミュートを飼いたい、という方、いらっしゃいませんか？

撮影現場へ

6月2日

午後、映画の撮影現場に行ってきた。

ただ今、『食堂かたつむり』の撮影のまっただ中。

撮影所の中に、すっかり「かたつむり」ができていた。

とってもかわいい。

細部にまですごく気を使ってくださっていて、私がイメージしていたのをはるかに超える、素敵な空間に出来上がっていた。

主演の柴咲コウさんも、とってもとってもかわいらしく、特注で作ったという割烹着がとても良くお似合いだった。

ご自身でもお料理を作るのが大変お好きとのことで、すっかり「倫子」ちゃんだった。

お料理もおいしそうで、本当に完成が待ち遠しい。

それにしても、映画ってすごい。

ほんの数秒撮るのにも、細部にまでこだわって、優秀なスタッフさんたちが全神経を集中させて撮るんだから。

そして、監督さんのオーケーが出たとたん、次の場面へと移るべく、てきぱきと自分のすべき仕事をやる。

まるで、ミツバチみたいだと思った。

女王蜂（監督さん）を頂点にして、皆が着々と仕事を全うする。

本当に、呼吸するのも憚《はばか》られるほどの緊張感だった。

私、すごくすごくいい作品になる予感がする。

あんなに素晴らしいスタッフさんたちに愛情いっぱい映画を作っていただけて、本当に幸せな作品だ。

あとは皆さん無事に、撮影が終わりますように！

エルメスに会えなかったのだけが、ちょっと残念だったな。

ドイツ love　6月9日

すっかり、ドイツに熱を上げている私。

ベルリンのみ、1週間足らずの滞在だったけど、思い出してはとろんとした夢見心地になってしまう。


好きな理由を挙げたら切りがないんだけど、町も人もお店も、すべてがかわいすぎず、おしゃれすぎないのがよかった。

私はそれまで、ヨーロッパで好きな都市はだんとつパリだったけど、ベルリンはパリより好きだと思った。

パリは案外汚くて、堕落しているところは、かなり堕落しているから。

ベルリンは、とにかく肩に力が入っていなくて、ラフな感じがよかった。

ドイツは環境先進国なので、ビオ（オーガニック）のスーパーマーケットも普通にある。

お値段も、もうそんなに変わらないらしい。

それに、土曜日に連れて行ってもらったビオの市場が楽しかった。

石鹼とか、チョコレートとか、野菜とか、ハムとか、オイルとか、それぞれ店を出していて、どれもこれも、買いたくなった。


中でも、かわいかったのが、ジャム屋さん。

WECKの瓶に詰めて売っている。

でも、これは特にオシャレを意識しているわけでもなんでもなくて、本当にドイツでは、WECKの瓶が、普通に使われている印象だった。

これなら、ジャムがなくなってからも瓶として使えるから、ゴミにならない。

ドイツ語では、「WECKに入れる」という表現で、「瓶詰めにする」という意味になるくらい、WECKが浸透している。


あとは、ベルリンのビルケンシュトックでセールになっていたサボ。

残念ながら、ビルケンは東京の方が種類が豊富。

でも、なかなかセールにはならないので、お得だった。

これは、室内履き用にして今も履いている。


そして、帰国以来、毎朝飲んでいるのが、フローラディクス。

ドイツの女性たちには、よく飲まれているという鉄分ドリンク。

私は、かなりの鉄欠乏性貧血なのだけど、これを飲むようになってから、だいぶ症状が改善された。

日本でも買えます。

貧血女子に、ぜひおすすめです。

春情蛸の足

6月12日

もうすぐ発売になる、田辺聖子さんの『春情蛸の足』に、解説を書かせていただきました。講談社文庫です。

本当に面白い短編集でした。

ここには、おでんやたこ焼き、きつねうどんなど、ふわふわと湯気の立つおいしそうな食べ物がたくさん出てきます。

そして、それを間に挟んだ人間模様の数々。

読んでいる間中、ずーっとおなかが空きっぱなしでした。

まるで、鼻を近づけてクンクンすると、ソースやかつおぶしの匂いが漂ってくるんじゃないか、と本気で思わせるような本です。

ぜひぜひ読んでください！

人と人って、こんなふうに繋《つな》がっていくんだなぁ、と、しみじみ実感できると思います。

読み終わった後、幸せな気持ちになりますよ。

ハイキング

6月15日

週末、ハイキングに行ってきた。

登ったのは、箱根の方にある金時山《きんときやま》。


朝早い電車に乗って、リュックには雨具やおやつを詰め込んで。

足下には、屋久島以来となるトレッキングシューズを履いて準備万端で出発した。

お天気にも恵まれて、すぐに汗だくになる。

ハイキングという響きから連想するほど楽ではなかったけど、久しぶりに山道を登って、だんだん気持ちがハイになるのがわかった。

登りの時は、足下を見るのではなく、なるべく上を見て歩くこと。

足の裏全体を、地面につけて。

ふくらはぎではなく、一番大きいおしりの筋肉を使って歩くように。

アドバイスに従いながら、頂上を目指す。

私たちは、女子ばかり、総勢25人のにわか登山部だったので、通り過ぎる人たちが、珍しいのかみんな驚いていた。

最後の難所を登りきり、ヘトヘトになってなんとか頂上まで辿り着いた時の、あのスカッとした気持ちが忘れられない。

何年ぶりかで飲んだカルピスも、とってもおいしかった。

体力的には辛かったけど、楽しくて気持ちよかった。


たまには、パソコンの前を離れる時間も必要だなぁ。

緑の匂いをいっぱい吸い込んで、鳥のさえずりを聞いたり、かわいい花を見つけたり、体と心にたっぷりエネルギーが満たされた気がする。

ふだん使わない筋肉を使ったせいか、体の調子もよくなっているし。

山登り、楽しいですよ。

地産地消

6月26日

最新号の『パピルス』が届く。

連載中の「ちきゅう食堂へいこう」、今回のテーマは、地産地消。しかも、東京の地産地消です。

ふだん、飛行機や車を使って、二酸化炭素をばらまき、遠くまで取材に行っている私たち。宝物は遠くに探しに行く物、という頭があるけれど、じつは自分の足下にもいっぱい宝物が眠っているのでは？　と思ったのだ。

今回は、みんな徒歩でテクテク移動。

野菜の地産地消だけではなく、ニワトリの卵、蜜蜂のハチミツ、そしてなんと豚まで、東

京でも可能な地産地消を取材した。

それにしても、豚ちゃんのかわいかったこと。

その日私が履いていたビルケンシュトックには、いまだに、豚ちゃんにつけられた「U」の字の歯形がくっきり残っている。

蜜蜂の取材があるからと、みんな白い格好で行ったのだけど（蜜蜂は、黒い色に対して向かってくる習性があるので、白いものを着ていれば安全なのです）、最初が朝8時からの豚の取材で、みんな、あっけなく泥だらけ、糞まみれになったのだった。

ちょっと臭かったけど、楽しかった。

私と豚ちゃんのツーショット写真は、何度見ても笑える。

選挙

7月9日

もうすぐ、都議会議員の選挙。

私は、選挙大好き人間なので、血が騒ぐというか。

早く、国政選挙もきてほしい。

家の近所に、すごく危険な道があって、けれどその道すがらに、保育園がある。お母さんたちは、本当に危ない道を、自転車や徒歩で、幼い子どもを連れて通らなくてはいけない。

なんとかならないものかなぁ、と思う。

一方で、無駄なところに税金がじゃぶじゃぶ使われていたりするのをニュースで見ると、本当に悲しくなってしまう。

けれど、そういうもの、すべて私たちの選挙次第。
小さな一票だけど、すごく大きな一票だと思う。
変わらないと思って投票に行かなかったら、結局いつまで経っても変わらない。
だから、選挙に行きましょう！！！
期日前投票も、簡単にできますよ。

一生に一度

7月18日

この機会を逃したら一生登れなくなると思い、覚悟を決めて富士登山へ。

先月金時山に登ったのも、そのための予行演習だった。


まずは5合目から7合目まで。

天気は小雨。気温が高くないので、登りやすい。

途中から全く植物が生えなくなり、荒涼とした景色が続く。

頂上に雪をかぶった姿の印象が強いので、裾野を緑に覆われた富士山が新鮮だった。

無事、7合目の山小屋まで到着し、ハンバーグ定食を食べ、まだ外が明るい時間だったけど、すぐに仮眠。

けれど、ほとんど眠れず。

夜中12時頃、インストラクターさんに起こされ、登頂準備。

山小屋から、続々と登山客が出発。

外は小雨程度。

驚くほど寒く、持って行った衣類を全部着込んで頂上を目指す。

登っているうちに、どんどん天候が悪くなった。

突風が吹き荒れる。


途中一度、お茶を飲み休憩。

再び歩き始めるも、標高が高いせいで酸素が薄く、頭がぼんやりする。

真っ暗闇、人以外の命がほとんどない所を歩いていると、どんどん意識が朦朧《もうろう》としてくるのがわかった。

目を開けているのも辛く、時々歩きながら眠りそうになる。

強風には雹《ひょう》のようなものも混じり、向かい風となって吹いてくる。

月の上をたった一人で歩いているような、もしくは深海を歩いているような、不思議な感覚だった。

自分の呼吸の音しか聞こえない。

下も見えず、上も見えず。

一歩前へ進むごとに、すぐに引き返そうかという考えが頭をよぎる。

杖を頼りにゾンビのように一歩ずつ歩く行為は、苦行か拷問のようだった。


とにかく8合目が長い。

歩いても、歩いても、先がある。

遮る物が何もない所で突風に煽《あお》られると、本当に吹っ飛びそうだった。

体を低くして地面で立ち止まると、今度は寒くてガタガタ震えてしまう。

あんなに命がけの思いをしたのは、生まれて初めてだ。

ほんとに、死んでしまうかと思った。

それでも、「頂上まで登れたら、きっといいことがある」と自分で自分を励まして、それだけを頼りに前に進む。今思い出しても、あの時、あんな状況で自分がなぜ足を止めなかったのか不思議でしかたない。

やっぱり、半分意識がなかったのかも。

9合目から頂上までは、最後の難所。

牡蠣の殻みたいなごつごつした岩肌を、よじ登っていく。

ちょっとでも判断をミスしたら、転落してしまうような場所だった。

いろいろ考えると足がすくみそうになるので、とにかく意識を集中させる。


途中で空が白んできたけど、ご来光というようなものは、少しも見られなかった。

けれど、逆に太陽のありがたさを身にしみて実感する。

ようやくふらふらになりながら頂上に辿り着くも、暴風雨で、一面霧に覆われ、下の景色は何一つ見えない。

山小屋でお味噌汁とお稲荷さんを食べ、すぐに下山。


下りながら、ようやく周囲の景色が見えてくる。

よくもまぁこの過酷な道のりを自分の足で登ったものだ。

自分で自分をほめてあげたくなった。

虹

7月20日

富士登山を終えて、二日。

今まで遠くから見るものだった富士山に自分の足で登ったなんて、なんだかまだ信じられない。

登り始めたら、下も上も見ず、ただひたすら次の一歩だけを考える。

下を見てしまったら、自分がなんて高い所にいるんだろう、と足がすくんでしまうし、上を見てしまうと、頂上はまだまだ先なんだと思って果てしない気持ちになる。

そして、登り始めてしまったら、登るのも過酷だけど、同じ道を引き返すのもまた地獄なのだとわかった。

立ち止まっても、体が寒くなってしまって具合がよくないし。

とにかく、ちょっとずつでもいいから登り続けるのが、結局いちばん楽だった。


そういうのって、人生によく似ている。

そして、たとえ頂上まで辿り着いたとしても、思い描いていた景色と出会える訳でもなく、今度はまた下りが待っている。

登りとはまた違った意味で過酷な道。

それでも、一度登ったら、絶対に下りなくちゃいけない。

登ったり、下りたり、また登ったり。


でもやっぱり、このタイミングで富士山に登れたことは、すごくラッキーだったと思う。

何より、あんな過酷な命がけの経験をしてしまうと、仕事で大変とか、暑くてどうしようもなくなる、とかいう問題が、ちっぽけなものに思えてくる。

それに、富士山に登ってからは、いろんなことがメッセージに思えてきた。


昨日、ふと見上げた空にかかっていた虹もそのひとつだ。

登りながら、きっといいことがある、とイメージしていたことが、これなのかな、といろいろ思えてくる。

富士山が、たくさんメッセージを送ってくれる。

終わった時は、もう二度と登るまい、と思っていたけれど、時間が経つにつれて、なんとなくまた登ってリベンジをしたくなってきた。

ドイツ・ベルリン　7月29日

5月に取材に行ってきたベルリンの原稿が、JALの機内誌、『スカイワード』8月号に掲載されます。

内容は、「ベルリンのモダニズム集合住宅群」。

100年近くも前、ドイツの労働者階級に向けて造られた集合住宅なのだけど、住み心地もよくデザインも優れていて、去年、世界遺産に登録されたのだ。

そしてそこでは今も普通にベルリン市民が生活しており、そんな暮らしぶりを見せていただく幸運に恵まれたのだった。

この建物が、本当に素敵！

それにしても、ベルリンにすっかり恋をしてしまった私。

町の真ん中に緑豊かな大きい公園があって、道を歩いていると、いろんな所から鳥の声が聞こえてくる。ベルリンは、すごく鳥の声が似合う町だと思った。

そして、とにかくお金をかけずに楽しく豊かに暮らすヒントが、あちこちに転がっている。ベルリナーにとって、こだわらない、というのが、唯一のこだわりなんだとか。

ベルリンは、いろんな所に、歴史の跡が残されている。

こんなにたくさんあったら、自分たちがしたこととか、決して忘れないだろうな、と思った。

そして、だからこそ、生きている喜びや自由を味わえるんじゃないだろうか。

目下、私が今すぐ行きたいナンバーワンの都市、ベルリン。

私は本気で、ここに1年くらい住んでみたいなぁ、と思ったほどだ。

壁の崩壊からもうすぐ20年が経ち、いい意味で、成熟し、大人になりつつあるのだろう。

いよいよ！

8月18日

選挙。
衆議院を決める、大事な選挙がはじまる。

投票日は、8月30日。
私はその日東京にいないので、期日前投票に行く予定。
場所によっては、もう明日から、投票ができる。

とにかく、一票を投じなければ、何も始まらない。
私は結構、誰に入れようか、どの党にしようか、ギリギリまで悩む。
投票用紙を受け取り、鉛筆を持ったまま、しばらくその場で考え込んでしまう。

一つの党の政策を全面的に支持できるわけではないし、この人はきっと通るから別の人を応援しよう、とか、選択肢がたくさんある。

自分たちの生活に直結することを決めるのに、棄権するなんて、信じられない。


私が関心があるのは、道路の問題かな。

高速道路を１０００円にするとか、無料にするとか、うちは車に乗らないので、全く関係がない。

私の場合、移動手段は主に歩きだけど、最近、歩いていると本当に危険なことがたくさんある。

地方に住んでいたり介護が必要な人たちはどうしても車が必要なんだから、乗らなくていい人は乗らなくて済むような、環境のことを考えても、なるべく車を減らすような社会にしてほしいんだけど。

車から自転車にシフトしている人たちもたくさんいるけど、やっぱり危険が多い気がする。

車道、自転車道、歩道がきちんと分かれていたら、もっと交通事故も減るだろうに。

選挙のパフォーマンスの時だけ自転車に乗るんじゃなくて、本気の本気で歩行者の安全を第一に考えてくれる政治家に、私は一票を投じたいと思う。

もちろん、それだけでは決められないけど。

とにかく、本当に大事な選挙です。

投票に行きましょう。

夏休み　8月25日

本日、期日前投票を無事に済ませ、私は明日から夏休み。

暑さに非常に弱い私は、今年の夏も辛かった。

カイロプラクティックの先生に相談したら、腎臓の弱い人には多いらしい。

とにかく夏の素敵な記憶を思い出して乗り切りましょう、と言われたのだけど、私にはその、「夏の素敵な記憶」が少しも思いつかなかった。

とにかく、夏=苦手というイメージが、頭にこびりついている。

それを払拭《ふっしょく》すべく、明日から楽しもう。

よく考えると、旅行自体はたくさん行っていても、全部仕事だったりして、純粋な旅行は本当に久しぶりなのだ。

海を見て、魚を釣って、電車に乗って……、
5泊6日の国内旅行。
夏の思い出作りに行ってきます！

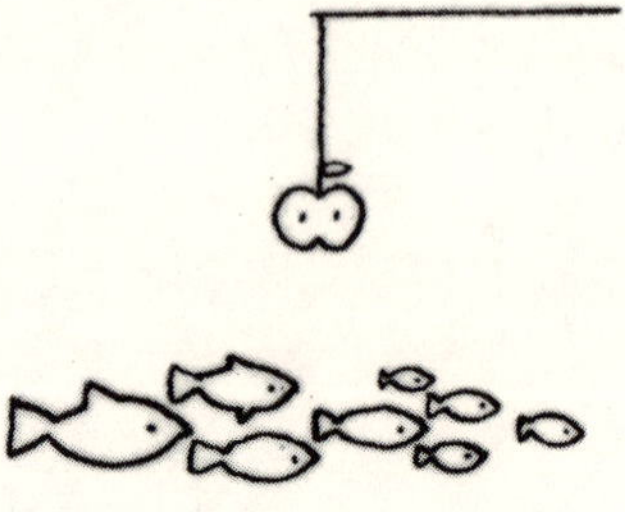

リセット

9月1日

夏休みの旅から、無事に帰宅。

私にとって、スペシャルな旅になった。

背筋を伸ばし、まっすぐに前を向いて毎日をきちんと生きている人たちに出会い、すっかり気持ちが洗われた思いがする。


東京にいると、どうしても忙《せわ》しなく時間を過ごしてしまう。

余計なものを背負ってしまうことも、たくさんある。

たとえば、全く大したことをしていないのに傲慢になってしまったり、人に聞かれては困るような言葉を内心毒づいたり、訳もなく電車の中でイライラしてしまったり。

そういうのをすべて振り払って、自分がゼロに戻れた旅だった。

そして、きちんと暮らしている人たちは、きちんと夏休みを取っていることもわかった。

結局、そうやってメリハリをつけた方が、仕事の効率も上がる。

今回旅をしてみて改めて、毎年夏休みだけでも、しっかりと地に足をつけて暮らしていきたいな、と思った。


東京に戻って、電車に乗って、同じような表情をした人たちがみんなケータイの画面を見つめていたりする姿を見て、なんだかとても不思議な感じがした。

ここにずっといたら、自分では気づかないうちに、何かを減らしてしまう気がした。

でも私は、この旅で、自然や人からたくさんの元気をもらったから大丈夫、とも思う。

また次なる作品に向けて、全力投球できそうな予感がする。


家に戻ったら、最新号の『パピルス』が届いていた。

今回は、奈良でたった一人、寡黙にバウムクーヘンを作り続けている男の人のお話。

人間の力によって、お菓子も大量生産されるようになり、そのことでたくさんの人が安くお菓子を買えるようになった。

そういうお菓子が、多くの人をハッピーにしているのも事実。

一方、しょっちゅうは食べられないけれど、昔から地球にあるものだけで作られたお菓子を、ありがたく感謝して、大事にいただくことで誰かがハッピーになる、これもまた事実だと思う。

本来の自然の物だけでバウムクーヘンを作るのがどれだけ大変か、感じていただけましたら幸いです。

そのバウムクーヘンは、本当においしかったですよ！

土

9月9日

夕方、お風呂に行く途中、ふと呼び止められたような気がして振り向くと、土だった。ついこの間まで古い家があったのに、すっかり建物がなくなり、土が剝《む》き出しになっている。

黒々として、香ばしい匂いがした。

きっとまたすぐに、何か建ってしまうのだろうから、土も、それを承知で、今、精一杯呼吸をしているみたいだった。

都会にいると、ほとんどの土地がコンクリートに覆われていて、街路樹の根元すらギリギリまでコンクリートだったりして、その下が全部土だってことが、なかなか実感として湧いてこない。

でも、地球を覆っているのは、本当はふかふかとした土なんだよなぁ。
そんなことを、しみじみ思った。

それにしても、お風呂通いにはちょうどよい季節になった。
今日もこれから出かけて、ひとっ風呂浴びてこよう。
土、まだあるといいな。

朝

9月11日

最近、目覚ましをかけて、朝の早い時間に仕事をしている。

でも今日は、目覚ましをかけている時間の1時間以上も早く目が覚めた。


本当はまだ早すぎるし、もうちょっと眠りたかった。

でも、誰か（何か）に、早く起きるよう急《せ》かされている感じがしたのだ。

それで、眠い目をこすりこすり布団から出てリビングに出たら、窓の向こうに、きれいな朝焼けが広がっていた。


ピンクと水色の、見事な競演。

でも、私が私がとお互いに色を主張して張り合っている感じはなく、お互いに席を譲り合っているみたいな、すごく控えめな楚々とした美しさだった。

ベランダに出てほーっと見とれている間にも刻々と色が変わり、朝焼けはあっという間になくなった。

きっと、太陽が私のことを呼んでくれたんだ、と思った。

最近、東京にずっといたらダメになっちゃうとか、東京には土がないとかマイナスのことばっかり思っていたから、東京にもこんなにきれいな朝の空があるんだよ、と教えてくれたような気がしてならない。

本当に、心が洗われるようだった。

朝早く起きて仕事をするのは、すごく気持ちがいい。

今日も一日がんばろう、って、エネルギーがいっぱいいっぱい湧いてくる。

私は今、「気合い」の時。

太陽のエネルギーをたっぷり浴びて、一日一日を健やかに過ごしたい。

セスナ

9月18日

3泊4日で、仕事をかねた一人旅に行ってきた。

目的地は、とある島。

船でも行けるのだけど、今回は飛行機で。

人生初のセスナに乗った。

空港（と言っても、本当に小さくてびっくり！）に、若い20代前半くらいのカップルがいた。

一緒に旅行かと思っていたら、セスナに乗ったのは、彼女だけ。

彼は、出口ぎりぎりまで来て彼女を見送っていた。

彼女は、私の斜め前の席に座った。

セスナが動き出す。

彼は、空港の建物から外に出て、飛行機がよく見える地点まで移動し、フェンス越しにずっと彼女に手を振っていた。

彼女も、飛行機の向きが変わるたびに体の向きを変え、ずっと一心に手を振っていた。

彼の姿がどんなに小さくなっても、手を振り続けていた。

セスナが飛び立っても、小さい窓から手を振っている。

目から、涙がこぼれていた。

それを見ていたら、私まで泣けてきた。


その後、なぜだか急に眠くなってとうとうとしてしまい、ガタンという衝撃でパッと目を覚ましたら、もう目的地の空港に着いていた。

セスナなんてすごく怖くて嫌だなぁ、と思っていたのに、乗ってみたらあっという間でびーっくり。

快適な空の旅だった。

島では、露天風呂から海に沈む夕陽を眺めたり、自転車で遠出したり、最高に有意義な時間を過ごせた。

帰りは、行きよりもっと小さいセスナだった。
パイロットを入れて、10人乗り。
さすがに、ヒヤヒヤして眠れなかった。
ひとり、パイロットの隣に座れる人がいて、ちょっとだけ羨《うらや》ましかったけど。

空港には、何時までに「集合」すること、と告げられ、乗客名簿には、自分の体重を記入。
それに合わせて座席が割り振られ、なんだか、見ず知らずの人たちなんだけど、セスナの中では、運命共同体のようだった。

行きのセスナで別れ別れになったカップルは、もう再会できたかな。
二人にどんな背景があるのかわからないけど、きっと幸せになれるといいな。

サーフィン

9月21日

島に滞在中、サーフィンにトライした。

生まれて初めて、である。

ウェットスーツを着て、まずはほとんど波のない湾状のところで、先生に教えてもらう。

ボードに乗って、体をぺったりくっつけて、沖の方へパドリング。

難しそう、と思ったけど、実際やってみたらスイスイ進んで気持ちいい。

そのまま、どこまでも遠くへ行ってしまいそうになる。

私は、パドリングだけでも、十分気持ちよかった。


その後、ボードの上に立つ練習。

なんと、一回目にして、立てた！
もちろんほとんど波のない状態でだったけど、それでもすごくうれしい。
ふわりと、なんとも言えない不思議な感じ。
だって、海の上に立っているんだもの。

そしていよいよ、場所を移動し、本格的なサーフィンデビュー。
のはずだったんだけど、あいにく、台風が接近中ですごく海が荒れていた。
それまで見ていた海とは、比べものにならない。
その中でもやっているサーファーはいたけれど、初心者は無理と判断。

残念。
でも、仕方がない。
自然って、そういうものだ。

それにしても、あんな海が、日本にあったとは。
しかも、島とは言え、東京都だ。

豪快な波しぶきを上げ、はるか遠くまで続く浜辺は、なんだかこの世のものとは思えなかった。

サーフィンって、面白そうだ。
サーフィンをやったら、夏が好きになれるかも。
まずは、マイウェットスーツが欲しいなぁ。
願わくば、マイボードも欲しいなぁ、なんちゃって。

うれしかったこと　9月27日

ハンカチがなくなった。
家の中のどこを探しても見つからない。
明るいピンクの色で、周りは素朴なレースがあしらわれていた。
たしか、チェコかどこかのものだ。
近所にある雑貨屋さんで気に入って求めたものだった。

どこかで落としちゃったんだな、仕方ないなぁ。
そう思って諦めていたのだけど、なんと先日、住んでいる団地の自転車置き場に行ったら、
自転車の荷台の上に、そっと置いてあった。
しかも、きれいに洗濯をして、アイロンまでかけてある。

レースのところが、ぴしっとなっていた。

うれしくて、うれしくて。

今度から私も、落とし物を拾ったら、ただどこかに置いておくだけじゃなくて、そういう心遣いをしようと思った。

どなたが拾ってくださったかわからないのでお礼のしようがないのだけれど、本当にありがとうございました。


これが、最近一つめのうれしかったこと。

そしてもう一つのうれしかったことは、『シネマ食堂』。

これは、雑誌の『アエラ』にフードスタイリストの飯島奈美さんが連載していたコーナーを、一冊の本にまとめたもの。

様々な映画のシーンに登場する料理を取り上げ、作りやすいレシピで紹介してくださっている。

たとえば、『ヴィヨンの妻』のもつ煮込みとか、『かもめ食堂』のシナモンロールとか、

『青いパパイヤの香り』の空心菜炒めとか、もう本当に、どの料理もおいしそうで、ページをめくるたびにワクワクしてしまう。

そしてその中に、なんとなんと、『食堂かたつむり』の野菜ポタージュ（ジュテームスープ）も入っている。

うれしいなぁ。

飯島奈美さん、ありがとうございました！

こんなにも素敵な素敵な本に取り上げていただいて、本当にうれしいです。

来月は、もう『食堂かたつむり』の映画の試写があるとのことだし、いろんなことが楽しみだ。

山内さん　9月30日

ググッと肩・首に疲れがきたので、今日はマッサージをしてもらう。

足裏30分に、整体80分。お姫様コースだ。

けれど、予約を入れる時、私はいつもドキドキしてしまう。

マッサージにも、相性があるから。

以前、合わない人にお願いしてしまい、逆にひどくなったことがあり、毎回、おみくじの気分なのだ。

これまでの経験からいうと、パッと顔を合わせた時の第一印象で、「いいかも！」と思った人はマッサージも良くて、逆に、「あ、なんかちょっと……」とモヤモヤした感情が芽生える時は、結果もモヤモヤしたものになってしまう。

後者の場合、やってもらう方にとっても、やる方にとっても、悲劇。

だから、マッサージでは、なるべく相性のいい人に当たりたい。

この願いは、かなり切実だったりする。


観察していると、だいたい、男性には女性がマッサージをし、女性には男性がマッサージをしているケースが多い。

私も、マッサージをしてもらうのは男性がいいと思う。

女性だと、指の当たる場所が小さいので、ピンポイントで入って痛くなったりする。

私がマッサージをしてもらいたい理想の男性は、体育会系の体が大きい人。

いつも、そうリクエストする。

指圧面が大きいので、じんわりマッサージされ、それが気持ちいい。

同じような理由で、美容院でのシャンプーも、私は女性より男性からの方が安心する。

今日私を担当してくださった方は、本当にものすっごく上手だった。

相性がすごくよかった。

極上の2時間弱。
肩から、粘土が取れたみたいだ。
そして、その魔法の手の持ち主は、山内さん。
名前を覚えておけば、今度からは指名ができる。
上手な人に当たってもつい忘れてしまうから、たまに悲劇が訪れるのだ。
山内さん、山内さん。
しっかり覚えておかなくては。

『ファミリーツリー』　10月6日

たった今、読み終わった。
第3作、書き下ろし作品の最後のゲラ。
次に私の元に戻ってくる時は、製本されている。
あと数時間後に吉田さんにこれを渡したら、もう私の手を完全に離れてしまう。
もう、私たちだけの作品ではなくなってしまう。

今回は、印刷所に入稿してゲラになってから、初校、再校、そして今と、何度も繰り返し読んで確認した。再校では、島にも連れて行った。生まれたばかりの赤ん坊を抱いて、母子ふたり旅をしている気分だった。私の手の中にあるうちに、なるべくたくさんの風景を見せてあげて、時間を共有したかった。

『食堂かたつむり』を出していただいたのが、去年の1月。

まだ、2年も経っていない。

その間、吉田さんとは、日々、苦楽を共にした。

最初はお互いに呼吸を合わせるようにして、気がつけば、二人三脚で走っていた。

『食堂かたつむり』『喋々喃々』、そして今度の作品。

まずはデビューからの3作を、しっかり、全身全霊で書くこと。それが、二人の目標だった。

何もわからなかった私を、ここまで導いてくださった。

このゲラを戻してしまったら、結んでいることすら忘れていた二人三脚のひもを、一度解かなくちゃいけない。そして、また新しい編集者さんとひもを結んで、新しい作品を生み出していく。

みんなやっていることだ。

一時の感傷的な涙だとわかっているし、すごく贅沢なことだということもわかっている。

だけど、泣かずにはいられない。

ここ数日、そのことを思うと、どんな人混みだろうが、急に涙に襲われてしまう。

淋しくて淋しくて、どうしようもなくなってしまう。


今日は午後、『食堂かたつむり』の試写会がある。

きっと、私にとって、何かが実を結び、そしてまた新しく何かが始まる節目なのだろう。


来月発売予定の書き下ろしは、『ファミリーツリー』というタイトルだ。

私はこの作品を書けたことを、本当に本当に幸せに感じている。

書き上げるまでに、本当に辛くて苦しかったけど、今はやりきった感が強い。

すべてを出し尽くしたような。

これを書けたことで、自分自身が自由になれた気がする。

またゼロに戻って、新しいスタート地点に立っているような気分だ。


ずっと同じ所になんて留《とど》まっていられない。

結局、前に進んでいくしかないんだな、と思う。

あと数時間、『ファミリーツリー』を好きなだけ抱っこして、一緒に添い寝して、その後試写会に行って、吉田さんにゲラを戻して、家に帰ってきてご飯を作って、食べて寝て、そして明日から、また新しい作品を書こう。

世之介！

10月8日

吉田修一さんの新刊、『横道世之介』。
すべての吉田修一作品の中でも、私、一番好きかも。
間違いなく、今年読んだ小説の中で、ベストだ。
ブラボー!! 最高！！！！ 拍手喝采です。

外は、台風一過。
かけている音楽に合わせるようにして、雲がどんどん流されていく。
私の心にも、ようやく晴れ間がさしてきた。
前に進むのみ。

手放す

10月10日

ずっと懸案だった自転車問題に、ようやく決着がついた。
今もっている自転車を、手放すことにした。

最初は、買い替えようかと思っていた。
もっと格好良くて、スピードが出るやつ。
でも、最近道を歩いていて、自転車ってほんと危ないなぁと思うようになった。

イヤホンで音楽を聴きながら、片手でケータイのメールをチェックして走っていたり。
横断歩道の脇から、いきなり猛スピードで飛んできたり。
夜なのに、明かりを点《つ》けずに走ってきたり。

そういうことって、自分は安全だから大丈夫、だからいいのだ、という問題ではなく、相手（例えば、歩いている人など）に対して危険な行為なのだ。

スピードを出しすぎて自分が怪我をするのは致し方ないにしても、誰かに危害を与えてしまうのは、本当に嫌だ。

それで、やっぱり自転車を買い替えるのは止めようと思った。

よく考えると、私が住んでいる団地には、住人がみんなで使っていいという自転車がある。ふつうのと、電動、それぞれ数台ずつ。

今まで、そんなものに見向きもしなかったのだけど、ふと思って試乗してみたら、それがすこぶるよかったのだ。

決してオシャレでも何でもないけど、自転車は安全に乗れるのが一番だし、カゴも大きい方が買い物の時に便利だし、ブレーキも、きちんと安定して止まるに限る。

なーんだ、これに乗ればいいんだ、と思い、さっそく駐輪場を解約した。

今まで乗っていた自転車は、友達の妹さんが欲しいというので、お下がりで使ってもらうことにする。

月々の駐輪場と、新しく買おうと思っていた分のお金が浮いた。

手放せば手放すだけ、自分が軽くなれる気がする。

私だって、ミナ・ペルホネンのお洋服は好きだし、たまには美味しいものが食べたいなぁ、とは思う。

でも、こだわらなくていいと思える分野は、どんどん手放して軽くなりたい。

軽くなって、今はずーっとずーっと遠くに行きたい気分だ。

『深夜特急』みたいな旅がしたい。

ママチャリで、アフリカ大陸を横断するとか。

納豆様

10月13日

最近の私の食生活における、これさえあれば！　は、納豆。
近くの豆腐屋さんで、この納豆様に出会って以来、すっかりお世話になっている。

近頃の納豆の主流は、小粒タイプなのだろうか。
スーパーなどで探しても、小粒を売りにしたものばかりが目立つ。

でも、私が恋に落ちた納豆様は、しっかり大粒。
「北海道産大粒大豆」とうたわれ、安心の、無添加手作りだ。
わざわざタレが付いてこないのも、潔い。
家の醬油で十分だもの。

作っていらっしゃるのは、高橋さん。
なんと、都庁の近くに製造所があるという。
あんな高層ビル街で、納豆が作られているとは！
とにかく、この納豆様が冷蔵庫にいるだけで、私は安心する。
買う時は、一回に10パック。
でも、二人で食べていると、すぐになくなってしまう。

今日は、納豆様に、キムチと韓国海苔、ネギを混ぜ、玄米にかけて食べた。
朝でも晩でも、納豆様さえあれば満足。
私の元気の素。
納豆様、感謝してます。

100

10月15日

最近よく考えること。
自分にあるエネルギー、体力とか愛情とか情熱、これのすべてが100だとすると、
一つの器にそれを注げば、100になる。
でも、10個器を持っていたら、それぞれには10しか行き渡らない。
たとえ本人の努力や無理で、それが12くらいには増やせたとしても。
とうてい、一つにだけ100のエネルギーを注いだものにはかなわないと、私は思う。
私は、作品には100の自分を注ぎたいな、と思う。
人の手は二本しかないし、しっかり抱っこしたら、両手はふさがってしまうから。
タコではないのだし。

取材旅行

10月16日

明日から、遠い所まで、取材旅行。
国内だけど。
今回は、編集者さんもお二人、同行してくださる。
知らない土地に行くのは、いつだってワクワクする。
いっぱいその土地の空気を吸い込んで、地元の方にお話をうかがってこよう。

ありがとう

10月23日

台風の影響で島から帰れなくなり、一日遅れて戻った。
ただいま。

最近の私は、霊感が強くなっているみたい。
何かが見える、とか怖い方では全くなく。
アンテナの精度がすごく高まっているというか。
偶然には絶対に考えられないようなことが、目の前で次々起こっていく。

いい分野だけでなく、負の方も敏感に感じてしまうから大変なのだけど。
圧倒的にいいことの方が多いから、とにかく自分は一枚の葉っぱみたいな気持ちになって、すべてに身をゆだねようと思っている。


今回の旅も、まさにその土地に導かれたとしか思えない。

怖いというより、何が起こっているんだろう？　と不思議な感じ。

いっぱいいいっぱい、感じてきた。

これを熟成させて、作品にまで完成させるのが私の仕事。


物語を書くということは、とても孤独な作業だと思う。

書けば書くほど、私は孤独になっていく。

でも、一作書くごとに、まるでご褒美みたいに、神様は私に、かけがえのない人を与えてくれる。

私に本気で、自分はずっとここにいるから、いつでも来ていいと、言ってくれる。

だから、孤独でもがんばれるようになった。


私が尊敬するのは、ホンモノの人だ。

地にしっかりと足をつけて、生きている人たちだ。

テレビに出てるとか、雑誌に紹介された、とか、そんな吹けば飛ぶようなことにこだわっている人たちではなくて、もっと、人として人らしく生きている。

そういう人たちに、いいと言ってもらえるような作品を、私は書きたいと思った。


ありがとう。

今は、その言葉しかない。

「ありがとう」だけは、たとえ将来、過去の記憶とか言葉とかを失っても、最後まで失わずにいたいな。

本当に、どうもありがとう。

絶対に、また会いに行くよ。

蛮幽鬼　10月24日

新橋演舞場へ。

『蛮幽鬼《ばんゆうき》』を見に行ってきた。


本当に素晴らしかった。


どの役者さんもすごいなぁと思ったけれど、堺雅人さんが舞台に登場した瞬間の、あの華やかさは何なのだろう。

照明が一段明るくなったみたいだった。

本当にピカピカ輝いていた。

そして、笑顔の殺し屋の役が、ぴったり！　だった。

昼間の公演をやって、その後夜の公演をやって。

それを、東京と大阪で、およそ2ヶ月間。

本当に本当にすごいことだ。

集中力を保つのも大変だろうし、体力を持たせるのも、並大抵の精神ではできないと思う。

取材で訪れた島にある食堂のお母さんが、「夢を叶えたかったら人の2倍努力しなきゃ、ダメだよ」と何度も言っていたのを思い出す。

お芝居を見ながら、自分はなんて甘っちょろいんだろうかと、反省した。

情けないなぁ。

私も、人の2倍、努力しなきゃ。

木村秋則さん

10月29日

最新号の『パピルス』が届く。

今回の「ちきゅう食堂へいこう」は、青森県弘前市で無農薬・無肥料のリンゴ作りに取り組む木村秋則さんを訪ね、お話をうかがったのだった。

『奇跡のリンゴ』を読んで以来、どうしてもお会いしたかった。

実際にお目にかかった木村さんは、本を読んで想像していた以上に、本当にステキな方だった。

リンゴ畑に座り、太陽の光や風の匂いを感じながらお話をうかがった数時間は、まるで夢を見ているようにふわふわとした気分で、心から幸せだと思った。

私の中で、木村さんは「妖精」。

いまだに、お会いした時の感動が、ひたひたと続いている。

今回、いつも取材に同行して写真を撮ってくださる鳥巣佑有子さんが、古い古い、昔の結婚写真を撮る時に使うような大型のカメラを持ってきて、それで、扉の写真を撮ってくださった。

撮る時に、「すべて写りますよ」と言われたのだけど、出来上がった写真を見て、そういうことか、とストンと納得した。

本当に、すべてが写っている。

リンゴの木の実の、一個一個が木村さんの後ろでクスクス笑っているみたいだもの。

私は鳥巣さんの写真が大好きで、いつも鳥巣さんに写真を撮っていただけることを、本当にうれしく思っている。

鳥巣さんは、心で写真を撮る方だ。

だから私も、心で物語を書きたいと思う。

私たちは、お金さえ出せば、無農薬の野菜や果物を簡単に手に入れることができる。

けれど、それを作っている人たちの愛情や苦労、想いやメッセージを、なかなか想像できない。

だから、今回の原稿を読んで、少しでも、無農薬でリンゴを作ることの大変さや、木村さんの、地球に対する奥深い愛情を感じていただけたら、すごくすごくうれしい。

この世には、きっと木村さんみたいな人が、まだまだたくさんいるのだと思う。

これからも、そういう人たちに会いに行って、たくさんのエネルギーをわけてもらうお仕事を続けていきたい。

『奇跡のリンゴ』は、今年私が読んだノンフィクションの中で、ベスト。

まだの方、ぜひ読んでみてください。

ファミリーツリー

10月30日

本を手にした瞬間、涙がこぼれたのは初めてだった。

本当に、本当に美しい衣装を着せてもらって、私の元に戻ってきた。

今朝、『ファミリーツリー』の見本が届けられたのだ。


私、よくがんばったよ、と自分に言ってあげたら、いろんなことを思い出して、またぼろぼろ涙が出る。

本当に苦しんで必死で書いた作品だから、無事にゴールまで辿り着けて、本当にうれしい。

もう、私だけの作品ではないんだな。

これから、いろんな人のところに、旅に出る。

だから、『ファミリーツリー』にとっては、今日がスタート。

自信作です。

気持ち的には、大袈裟《おおげさ》かもしれないけれど、世界中の人に読んでもらいたい。

まずは著者の私がいただける十冊を、大切な人の元へ届けよう。

今回は、勝手にサインも入れてしまう。


いってらっしゃい。

今日の天気みたいに、笑顔で背中をお見送り。

午後はポプラ社に行って、書店さんに置いていただける分のサインも書きに行ってきます。

縁あって手にしてくださる方、どうぞ末永くかわいがってやってください。

サイン本&サイン会

11月4日

そろそろ、『ファミリーツリー』が書店さんの店頭に並び始めております。

ぜひぜひお手に取ってご覧くださいませ！


そして、『ファミリーツリー』の刊行に合わせ、サイン会も行うことになりました！


実は私、サイン会が大好きです。

人前で何か話すのは本当に苦手で、知らない人5人くらいの前で話すだけで、声が上ずり、呼吸ができなくなります。本当に緊張してしまうんです。

でも、サイン会は、一対一で読者の方とお会いし、お話ができるので、本当に幸せな気持ちになります。

今回、小説の舞台が安曇野ということもあり、前回に引き続き、再度、長野でサイン会をさせていただけることになりました。
恵比寿の有隣堂さんは、『食堂かたつむり』『喋々喃々』に続き3度目で、思い出深い本屋さんでもあります。

皆様にお会いできるのを、心から楽しみにしております！

雨　11月11日

今日は、朝から雨。
久しぶりに、終日家で過ごせるので、ゆっくりする。
雨降りだと、外出は大変だけど、静かなので心が穏やかになる。

朝昼兼ねて、ペンギンと傘を差し、近所にうどんを食べに行く。
帰りに天才パティシエの店に寄ったら、シュークリームがまだできてなく、残念。
その足で、カフェに行ってコーヒーを飲む。
シュークリームの代わり、天才パティシエのチョコレートケーキをいただいた。
こちらも、美味。

それから、ＯＬＤＥ　ＷＯＲＬＤＥのデビューアルバム、『time and velocity』を聞き（これ、すっごくいいです！）、その後、来週京都に取材に行くので、関連する本などを読み、予習。

本当に素晴らしい方にお話をうかがうので、今からかなり緊張している。

その本の中で、ふたつ、すごい！　と思った言葉。

一つは、

「不幸とは、足るを知らないこと。
幸せとは、足るを知る喜びを持つこと。」

もう一つは、

「儲ける」と「儲かる」の違いについての言及で、
「儲かる」というのは、お客さんの立場になった言葉で、相手の役に立ってはじめて、「儲かる」のだ、という。

逆に「儲ける」というのは、自分本位の考え方。

たった一つの言葉遣いの違いで、意味ががらりとすり替わってしまう。

どちらも、しっかり肝に銘じて生きていきたい。

これって、本当に大切なことだと思うから。

ちなみに、その言葉と出会ったのは、棚橋俊夫さんの書かれた、『野菜の力　精進の時代』です。

素晴らしい本でした！

サイン会　11月15日

昨日、恵比寿のサイン会にお越しくださった皆様、本当にありがとうございました！

悪天候にもかかわらず、たくさんの方に来ていただき、直接お会いすることができ、本当にうれしかったです。

まだ発売してすぐだというのに『ファミリーツリー』をもう読んできてくださった方もいらして、本当に心がポカポカと温かくなりました。

始終なごやかで、私もすごく幸せでした。

明日から、私は京都へ出張。

戻ったらすぐ、長野でのサイン会です。

長野の皆様にも、お会いできるのを楽しみにしております！

そして、横浜でも、サイン会をさせていただくことになりました。
こちらもぜひぜひ、皆様いらっしゃってください。
心より、お待ち申しあげております。

今日は、久しぶりの気持ちのいい青空。
新たな気持ちで、またこの一年、がんばろう。

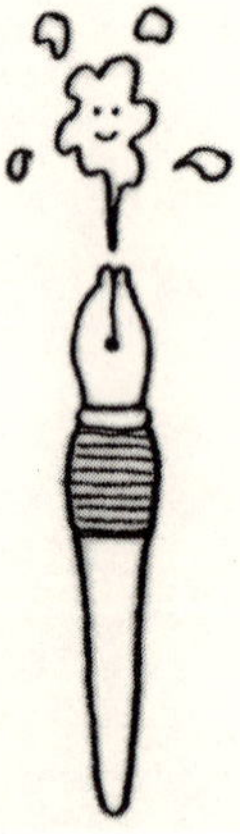

長野　11月23日

長野でのサイン会にお集まりくださった皆様、本当にどうもありがとうございました！！！

お寒い中、お待ちいただき、心から感謝しております。

サイン会では、毎回、読者の皆様と直接お目にかかってお話することができ、本当にたくさんの勇気や希望をいただき、胸があったかくなります。

今回は特に『ファミリーツリー』の舞台となった長野でのサイン会ということで、私自身、とても感慨深いものがありました。

前回に引き続き、今回も来てくださった方もいらして、とても嬉しかったです。

翌日、安曇野の方にもおじゃましました。

去年の12月と今年の5月に取材で訪れたのですが、今回また安曇野の風景を見渡して、やっぱり特別に澄んだ空気が流れている土地だなぁという印象を持ちました。

迫り来るように山がそびえ、ゆったりと川が流れて。

何度訪れても、思いっきり深呼吸がしたくなります。

帰りは穂高神社に寄り、無事に『ファミリーツリー』が完成したことを、報告してきました。

今回もまたたくさんのエネルギーをいただき、本当にありがとうございました！

坂の上の雲

12月6日

先週から楽しみに見ている、NHKの『坂の上の雲』。第2回を、さっき見終わったところ。今回も、よかったなぁ。

司馬遼太郎さん原作の、日本の明治期における話。初回で、かつての侍さんたちの写真が登場したのだけれど、どの人も皆本当に格好良くて、こういう日本人は、もういなくなってしまったのかなぁ、と切なくなった。

脚本もよく、配役もよく、映像も素晴らしく、私にとっては、『篤姫』以来の、テレビ熱だ。あぁ、もう次回が待ち遠しい。日曜日の夜は、何がなんでも、予定を入れないようにしなくては。

横浜　12月13日

昨日の横浜・紀伊國屋書店さんでのサイン会に来てくださった皆様、どうもありがとうございました！

昨日は、冬ということを忘れてしまうほどの、ぽかぽか陽気で、横浜も、人がたくさんでした。サイン会では、毎回、ふわふわとした気持ちに包まれるのですが、昨日はお天気のせいもあるのか、なんだかいつにも増して、じんわりと幸せな気持ちになりました。

いつも、読んでくださった方が楽しめたり、束の間でも、現実の辛いことを忘れられたり、読んでよかったなぁと思っていただける本をお届けしたい、とそれだけを思って書いているのですが、中には、その方の心の深い深い部分まで入り込んだり、気づかなかった心の扉が開いたり、そういう出会いもあります。

帰りの電車の中で、いただいたお手紙を読ませていただきながら、作品を通じて、そんな深いご縁が結ばれていることを知りました。私ができることは小さなことかもしれないけれど、そんなふうに、物語というもので、誰かと強く関わることができたら、それはとてもとても幸せなことだと、改めて思いました。

なんとなくうっかり忘れそうになっていたそんな思いにふと気づかせてくれた、とても大切なサイン会だったように感じております。まるで、物語の神様からの、クリスマスプレゼントのような時間でした！　本当に、心からの感謝を申しあげます。

忘年会　12月25日

ペンギンと、忘年会をしに、湯河原に行ってきた。日頃の苦労をねぎらって、美味しいお料理をいただき、お風呂に入って、の〜んびり。至福。

そして帰りに、またマリークロードに寄ってきた。海沿いの、ステキなフレンチレストラン。野菜のポタージュが、絶品だった。今日は、マッシュルームのスープ。何度食べても、ため息が出る。

シェフの長尾さんは、日本で最初の女性フレンチシェフ。すでに還暦をすぎていらっしゃるんだけど、お会いするといつも元気で、かわいらしい。小柄な体で、いつもニコニコ笑っていらっしゃる。今日も、最後にごあいさつに来てくださって、80までがんばります！　とおっしゃっていた。すごいなぁ。あんなふうに、一つの道をずっと行き続ける人でありたい。

そして、帰ってきたら、『ファミリーツリー』の重版のお知らせが！　本当に、本当にうれしい。最大の、クリスマスプレゼントだ。これで、累計4万5千部になりました。読んでくださった皆様、本当にありがとうございます。

明日は、友人夫妻を招いて、また忘年会。ペンギンが、自慢のおでんを作る予定。

味　12月27日

『パピルス』が届いた。「ちきゅう食堂へいこう」は、今号が最終回。

最後の最後にどうしてもお会いしたかったのは、滋賀にある月心寺の庵主様、村瀬明道尼さん。85歳となられた今も、現役で精進料理を作り、お客をおもてなしする。

庵主様の人生は、『ほんまもんでいきなはれ』に詳しく書かれている。39歳の時、交通事故にあい、奇跡的に生還されたものの、右半身の自由を失った。それでも、左手を使い、自分の力だけで胡麻豆腐のゴマをおすりになる。どなたか一人、尊敬する料理人を挙げさせていただくなら、私は庵主様だなぁ。お会いできるだけで、光栄だった。

取材の日は、午前3時に起床し、京都のホテルを出た。ものすごい雨の日で、しかも極寒だった。間違いなく、今までの取材の中で、もっともハードだったと思う。それでも、今思い返すと、ものすごーく幸せな時間だった。

庵主様がどんな方だったのか、どんな精進料理をいただいたのか、ご興味のある方はぜひぜひ『パピルス』をご覧くださいませ。

そして、昨日、前回の「ちきゅう食堂」でお会いした、青森のリンゴ農家、木村秋則さんから、貴重な貴重なリンゴを、一個分けていただいたものがわが家に届いた。まさしく、奇跡のリンゴ。虫食いの跡が、いかにも木村さんらしい。両手で持つとずっしりと重く、とにかく軸がしっかりと太い。台風の影響で他の畑のリンゴが落ちても、木村さんの畑のリンゴたちは落ちなかったというお話も、なるほどと納得する。

その、貴重な貴重な奇跡のリンゴを、5人で分けていただいた。そのお味は……。

誤解を恐れずに書くなら、本当に、ふつうの味だった。どまんなかの味覚というか。自然で、素朴な味だった。でも、本当にしみじみと、美味しい。美味しいご飯みたいに、毎日でも食べたくなる。

そういうものなんだろうなぁ、と思う。本当に美味しいものって、新しい何かではなくて、原点に返るような、そういう味のような気がする。私たちは、味覚に対して、「もっと美味しく、もっと美味しく」と、追求しすぎているような。それで、幻想を追い求めるあまり、自然ではないものを人為的に加えたりしてしまっている。だから、そういう幻覚の味に慣れてしまうと、本来の自然のものは、決して美味しくはないんじゃないかな。

「ちきゅう食堂」で出会ったのは、どの方も、本当に真っ当な本来のお仕事をされている方たちばかりだった。それは決して、びっくりするような味ではなくて。ホンモノというのは、ごくごく普通のものなんじゃないだろうか。今は、それがとっても貴重な時代になっているだけで。最近よく、ペンギンが、「進歩的後戻り」と言うのだけれど、多分、これからは、それが必要なんだろうな。

今回は、『パピルス』のオープニングストーリーも書かせていただきました。「パパミルク」という短編です。よかったら読んでください。

そして今年も、本当にたくさんの方に支えられて無事に年の瀬を迎えることができました。お世話になった皆様、本当にありがとうございました。また来年も、どうぞよろしくお願いします。皆様、よいお年をお迎えくださいませ。

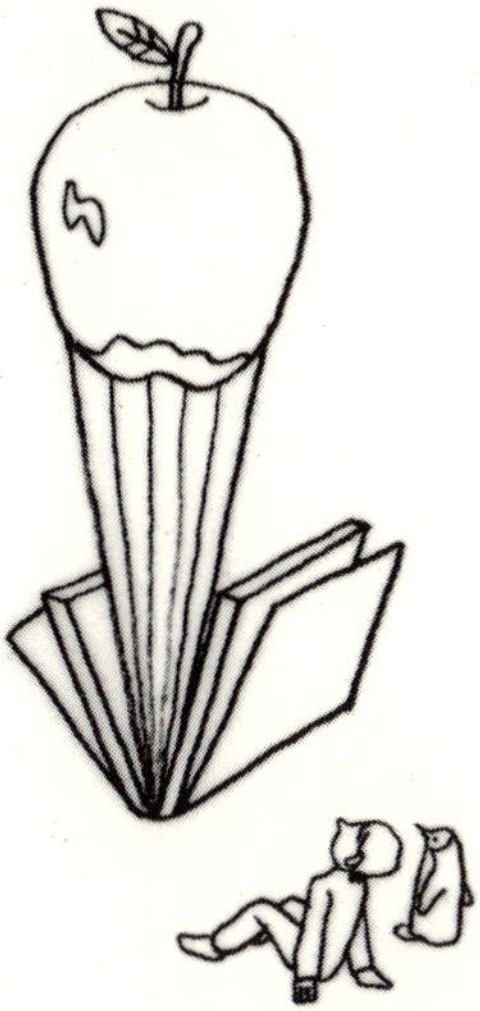

本書はブログ「糸通信」を加筆・修正した文庫オリジナルです。

幻冬舎文庫

●好評既刊
ペンギンと暮らす
小川 糸

夫の帰りを待ちながら作る〆鯵、身体と心がポカポカになる野菜のポタージュ……。ベストセラー小説『食堂かたつむり』の著者が綴る、美味しくて愛おしい毎日。日記エッセイ。

●好評既刊
ペンギンの台所
小川 糸

『食堂かたつむり』でデビューした著者に代わって、この度ペンギンが台所デビュー。まぐろ丼、おでん、かやくご飯……。心のこもった手料理と様々な出会いに感謝する日々を綴った日記エッセイ。

●好評既刊
スタートライン
始まりをめぐる19の物語
小川糸 万城目学 他

浮気に気づいた花嫁、別れ話をされた女、妻を置き旅に出た男……。何かが終わっても始まりは再びやってくる。恋の予感、家族の再生、再出発——。日常の〝始まり〟を掬った希望に溢れる掌編集。

●最新刊
阪急電車
有川 浩

隣に座った女性は、よく行く図書館で見かけるちょっと気になるあの人だった……。電車に乗った人数分の人生が少しずつ交差し、希望へと変わるほっこり胸キュンの傑作長篇小説。

●最新刊
まぼろしハワイ
よしもとばなな

パパが死んで三ヶ月。傷心のオハナは、義理の母でありフラダンサーのあざみとホノルル空港に降り立った。ハワイに包まれて、涙の嵐に襲われる日々が変わっていく。生命が輝き出す奇跡の物語。

ペンギンと青空《あおぞら》スキップ

小《お》川《がわ》糸《いと》

平成22年8月5日　初版発行
令和3年4月20日　2版発行

発行人――石原正康
編集人――永島賞二
発行所――株式会社幻冬舎
〒151-0051東京都渋谷区千駄ヶ谷4-9-7
電話　03(5411)6222(営業)
　　　03(5411)6211(編集)
振替00120-8-767643

印刷・製本―中央精版印刷株式会社
装丁者――高橋雅之

幻冬舎文庫

ISBN978-4-344-41515-7　C0195　お-34-4

幻冬舎ホームページアドレス　https://www.gentosha.co.jp/
この本に関するご意見・ご感想をメールでお寄せいただく場合は、
comment@gentosha.co.jpまで。